王春瑜 著

寻找乾隆撒尿碑

山西出版传媒集团

北岳文艺出版社·太原

图书在版编目(CIP)数据

寻找乾隆撒尿碑 / 王春瑜著. —太原 : 北岳文艺
出版社, 2019.1
ISBN 978-7-5378-5649-2

Ⅰ. ①寻… Ⅱ. ①王… Ⅲ. ①随笔 – 作品集 – 中国 –
当代 Ⅳ. ①I267.1

中国版本图书馆CIP数据核字(2018)第175857号

书名: 寻找乾隆撒尿碑	著者:王春瑜 策划:韩玉峰	责任编辑:韩玉峰 书籍设计:张永文

出版发行　山西出版传媒集团·北岳文艺出版社
地　　址　山西省太原市并州南路57号
邮　　编　030012
电　　话　0351-5628696(发行部)
　　　　　0351-5628688(总编室)
传　　真　0351-5628680
网　　址　http://www.bywy.com
E – mail　bywycbs@163.com
经 销 商　新华书店
印刷装订　山西人民印刷有限责任公司

开　　本　787mm×1092mm　1/32
字　　数　160千字
印　　张　7
版　　次　2019年1月第1版
印　　次　2019年1月山西第1次印刷
书　　号　ISBN 978-7-5378-5649-2
定　　价　38.00元

翻译家、画家高莽先生速写作者像

漫画家丁聪先生绘作者像

张万康(建湖县文化馆原馆长)配插图

漫画家叶春旸先生绘作者漫画像

母校盐中有瓜田井
乃东吴珠权先人所
菑象征盐中九十年
来沐浴学子清冽源长
王春瑜书於丁酉年夏京华

作者书《瓜田井》

驚得長橋鵲影寒
限人離別是銀漢
此生我為欽天監
漏盡銀河水不難

謝牛女士憲春

此清末尚西學者陳玉樹先生七夕詩也氣魄岩偉

玉春瑜書
丁酉夏日

作者书陈玉树《七夕诗》

古今往事千帆去
风月秋怀一篷

苏东坡诗句

徐寿春校友惠存

壬春新书
丁酉夏于老牛堂

作者书苏东坡诗句赠校友

序

这是我的一本随笔集,以其中的一篇文章《寻找乾隆撒尿碑》作为书名,固然考虑到书名要别出心裁,能吸引读者,更重要的是,能体现自1976年粉碎"四人帮"以来,笔者"吾道一以贯之"的批判皇帝意识、草民意识。在本世纪之初,我还特意在上海的《世纪》杂志上,发表《告别皇帝意识、草民意识》一文,指出这两种意识互为支撑,是中国人民实现"四个现代化"的顽敌。虽然本书涉及这一重要主题的文章只有几篇,但它提醒我,继续撰写这种文章,当不遗余力。

元代杰出词人元好问有名句谓:"问人间,情是何物,直教生死相许。"作为觅食于文史两界的学者、作家,我的血管里奔流着祖国情、山河情、故乡情、父母情、师生情、兄弟情、朋友情,尤其是我在"文革"中被"四人帮"在上海的"看家狗"戴上"现行反革命分子"的帽子,监督劳动,家破人亡时,向我伸出援手,待我如亲兄弟的亲友,我是终生铭感的。收入本集中的《犹记沦落阶下时》,记录了我的患难之交黄时成先生与我的深谊,可惜他仅得中寿。事实上,在我落难后,亲友对我们父子关怀备至者,大有人在。我永远感激他们。

随笔是个特殊的文体,与杂文相近,但毕竟与严格意义上的杂文不能等同。但有一部分随笔,确实可视为杂文,一部分杂文,也确实可视为随笔。相信读者读了本书后,会赞同我的这个结论。

时下网络风行,纸质媒体萎缩。出版业正受严重冲击。山西北岳文艺出版社支持随笔,这是包括笔者在内的作者、读者特别感谢的。

2017年7月31日于京华老牛堂

目 录

寻找乾隆撒尿碑

　　曾有野史记载,乾隆皇帝下江南时,舟行至淮安大运河地段,上岸散步,看麦浪翻滚,杂花生树,农舍整齐,炊烟四起,他感到国泰民安,心花怒放。登舟前,他随地撒了一泡尿。本来,这无足称奇。一是正如我老人家在一幅宣纸上所书那样,秦皇汉武唐宗宋祖成吉思汗,一样要吃饭、打嗝、放屁、拉屎,何足称奇?况撒一泡尿乎!大运河边,沃野千里,广阔天下,大有作为,又不是上海的南京路,北京的东西长安街,虽童稚也知道,不可在这里随地小便。

　　因此,料想当时乾隆皇帝绝对没想过,他撒泡尿有什么了不得。可是乾隆皇帝走后,淮安地方守土之官、乡绅文士,认为这是不得了的一件大事,圣上在这里撒尿,比天降甘霖还重要,很快在这里竖了一块高大的大理石石碑。请鸿儒书丹,名匠刻字,谓"皇上在此撒尿"。此地肯定是风水宝地,皇恩浩荡,泽被千里,淮邑绅民,世代不忘云云。立碑之后,道路相传,船民、游客参观此碑,甚至烧香、叩头,高呼万岁、万万岁者,络绎不绝。在今人看来,这是多么荒唐可笑的闹剧!但在当时,人们是诚惶诚恐,心甘情愿,唯恐趋之不及。可见愚民意识已膨胀到不可救药的地步。

乾隆皇帝好自大，自吹"十全老人"，而且相信自己真的是金口玉言。笔者寒舍地近北海公园，常去该园门口团城游玩，有棵树，树冠甚大。乾隆有次夏天来到之时，在树下乘凉，竟封它"遮阴侯"；另一棵白皮松，被封为"白袍将军"。树木无知，封它做甚。在香山佛寺罗汉堂中，有个罗汉是戎装的老汉，此人正是乾隆自己，他要当活罗汉，闹剧而已。

乾隆一生居然写了四万首诗，我曾强打精神，读他的御制诗集，实在是味同嚼蜡。这些倒也罢了，让人愤慨的是，他不断删书、烧书，他通过纂修《四库全书》大量删改书籍，正如鲁迅所说："修《四库全书》而古书亡。"同时，他又公布禁书令，从乾隆三十九年(1774)至四十七年(1782)，连续烧书二十四回，烧掉的书达一万三千八百六十二部之多，真是骇人听闻！如此骑在百姓头上拉屎撒尿，更加卑劣、阴险。

对比之下，区区一块乾隆撒尿碑，又何足道哉。但愿不会有好事之徒，弄虚作假，搞个赝品，在运河边上再立起来，若然，可真是天大的笑话！

（《中老年时报》2016年1月12日"岁月"版）

故土之恋

十八年前，我的远在澳洲的儿子宇轮，看了我写的《塔、树之恋》《卖糖时节忆吹箫》等怀念故土的散文，来信说："你还未老，怎么老早就有那样强烈的怀旧情绪？"这也难怪，在城市里出生、长大的人，很难理解像我这样在乡间泥水里泡大的放牛娃，对土地的深深的眷恋。"野人怀土"，离开对土地的依恋，哪里还有故土之恋？是的，故土上还有先父母的坟墓，以及诸多亲友。但是，离开土地这最伟大的母亲，既不会有他们，当然也更不会有我。

作为史学家，三句不离本行：一部中国古代史，在很大程度上，就是中国土地关系史，或者说争夺土地的历史。我从三岁记事起，就感受到家中"上无片瓦，下无寸土"的痛苦：年年佃别人家的土地种，因而年年就得租别人家的房子住。母亲、大嫂，年年要和大量的泥巴，糊租来的茅屋墙，那是一件非常累的活，至今我还能回想起她俩糊墙时沉重的叹息。五岁时，我跟着母亲下地割麦，我不听她的劝告，拿起她的镰刀就割，但毕竟人小力弱，第一刀下去，麦子没割倒，却把左脚砍了一个大口子，鲜血直淌，母亲急忙往伤口上撒了一把土，血也就止住了。至今，伤疤犹在。这也是故土打在我身上最早的烙印，让我永远记住了农夫的艰辛。1946年夏天，在翻天覆地的土地改革运动中，我家分到了地主的三间房、十六亩稻麦两季的好地。从此，我家彻底告别了年年搬家的日子，也告别了贫困。这年的春节，在大年三十晚上，母亲看着满桌丰盛的年夜饭，含着泪花，动情地说："我家什么时候过过这样的好年？这要感谢共产党的土改啊！"从那个时候起，我进一步懂得了，土地是我家——也是亿万农民的安身立命之所。

在寂寞的书斋，我常常仰望窗外蔚蓝的晴空，思绪随冉冉白云飞向故乡，回到那洒下我多少汗水，给我带来多少欢乐的十六亩地上。靠近打谷场的那二亩地，因地势低洼，他们叫它"小洼塘"，土质特别肥沃，亩产稻子四百斤（这在半个世纪前，已是高产量了）。割稻时，往往能在水中捉到黄鳝、螃蟹、鲫鱼之类，今日思之不禁食指频动。紧挨二亩地的，是三亩地、四亩地……田埂上，每当"春风又绿江南岸"，蚕豆花的清香沁人心脾；夏天时，碧绿的毛豆，颗颗饱满；而清晨，带着露珠的青草，更是翠绿欲滴，我不到半小时，就能割满一筐，老水牛吃得头都不肯抬；秋天，割完稻子，就得赶紧将稻把挑上谷场。十三岁那年，我年少气盛，特逞能，一鼓作气，挑起了将近一百五十斤的稻把！可是，坏了——突然觉得全身力气在猛然下沉，两粒睾丸竟随阴囊一下子垂下几寸长，着实吓我一跳，赶忙回家，告诉母亲，母亲看了一眼，说："不要慌，没事的！"说着就很快煮了一碗不切碎的长粉丝，让我慢慢吸下去，一碗粉丝还没吸完，两只宝贝就安然无恙地"官复原位"，而且从此再也没"下放"过。走笔至此，我深为少年时的莽撞哑然失笑。秋深时节，北雁南飞，薄暮时分，我赤着脚，拎着木桶，跟在父亲身后，为老水牛拉的犁铧不时注水，不远处传来邻人孙五爹苍凉、悠远的赶牛歌声，在晚风中飘散，飘向邻村，飘向天涯。

说实话，恋故土，最恋是春天。春末夏初，经常下起毛毛细雨，我放学后，最喜欢骑在牛背上，到一大片尚未开垦的荒地上去放牧。北庄——叫西北厢的一位孙姓少女，也最喜欢骑在牛背上，到这里让牛吃草。她家比较富裕，她放牛时，居然手拿短笛，呜呜地吹着，这在方圆十里内，堪称独一无二。她比我大两岁，性格爽朗，很喜欢我，聊天时，经常放声大笑。转眼间，我已是八旬老翁了。不知这位孙姐现在生活得怎样？

曾记否？两小无猜放牧时……

"但存方寸地，留与子孙耕。"愿故土安然无恙，我的心永远与之同在。

（《中老年时报》2016年3月15日"岁月"版）

高作情思

　　十多年前,我出版过一本散文集《漂泊古今天地间》。作为历史学者,我闭目沉思,神游八极,几千年来的世事沧桑,人物沉浮,在我的脑海里闪过。作为一名作家,我国内国外萍踪万里,履痕处处;闲来时,禁不住想天涯,思海角,但想得最多的,还是故土高作镇,特别是童年时住过的陆陈庄、蒋干庄、吕老舍南的三家村、大西庄、大卜舍。我常常在梦里回到这些村庄,上学读书,钓长鱼,摸河蚌,采菱角,在晚霞中捉红蜻蜓,看着河岸上盛开的合欢花,坐在水车上赶着老水牛不紧不慢地拉车,把河水戽到田里,灌溉绿油油的秧苗。

　　高作人祖祖辈辈生活在这一大片古老的土地上。从真实的历史文献记载来看,万历年间的《盐城县志》是现存最早记载盐城地区历史的文献。《县志》上有"高作庵"(近代改称"广福禅院")的记载。明末清初的思想家、学者顾炎武编撰的《天下郡国利病书》中有"高作河"的记载,指的是今高作镇东西流向的一条河。我的外祖母张老太是河西公兴庄南昌家大墩人,生于清同治九年(1870),十九岁时嫁给了与她同岁的高作庄后庄的木匠曹嘉坤。外祖母卒于1951年腊月十三,这天正是她八十一岁大寿，全家欢聚一堂，给她拜寿，老人家含笑而逝。

老外婆曾说，她刚嫁来时，高作还未成镇，只有一户人家养马，有一座节孝牌坊（毁于"文革"）。可见，现有高作镇的老街的历史，也就一百多年。我三岁就记事了，犹记四岁时，母亲牵着我的手，去外婆家，先到高作庵拜佛像。我看到金刚、罗汉，威严、凶猛，很害怕。母亲安慰我说，佛爷、菩萨都是保佑我们的。她又到街上买些茶食送给外婆。这时的镇上已很像样，街心条石铺路，店铺林立。卖布的店门面较大，柜台上立着竖匾"石鸿大"，据说是安徽迁来的。事实上，在整个江苏，过去有"无徽不成镇"之说，布店、茶叶店都是徽州人开的。除了"石鸿大"之外，高作后街的中药店"全义堂"，黑匾金字，不仅卖药，还制药。店主姓吕，全家人都很和善。他家是楼房，很宽敞。刘少奇、黄克诚、皮定均等领导人都曾在楼上住过。去年我回故里，才得知"全义堂"已被拆除，叹息久之。

从1942年到1949年，我在高作乡下读完初小、高小，后考入海南中学初中部。1943年，我在蒋王小学参加了抗日儿童团。团长是姚志石（已故），他比我大几岁，身材高大。其父姚文奎，人称姚三爷，急公好义，当上峰北乡民兵队长，不仅维持地方治安，还积极参加宣传演出，"撑湖船"。1946年，他已四十多岁，抛家别子，带头参军，不久任营指导员。1944年，在高作镇北的大村庄西北厢召开的高作区儿童团代表大会上，我当选为区儿童团文娱委员。从抗日战争到解放战争，儿童团站岗放哨，盘查路单，募捐废铁（给新四军兵工厂造枪炮、手榴弹用），动员参军，参加演出。我和二兄春才，妹妹玲英，不论是酷暑还是寒冬,走过一个又一个村庄,打花鼓,演小戏,尽心尽力。

我清楚地记得,在吕老舍西南的一个村庄,地近阿拉河,很僻静;新四军三师的枪械所,便设在这里。20世纪50年代初,被称为中国保尔·柯察金的吴运铎,著有《把一切献给党》,红遍全国。吴老因装手榴弹,不慎爆炸,当场被炸得面目全非,被人急用担架抬到蒋王庄设在王恒德大爷家中的三师诊疗所救治。我亲眼看到他全身都是黑乎乎的,已不能说话。经治疗,并休养多日,他才康复,即又重返战斗岗位。

高作区小队长田中邦,与我家很熟。他身材高大,常扛着一挺轻机枪,走在区小队前面。他是神枪手,当时民谚有"死了王洪章(神枪手,后受伤被日寇所俘,囚于湖垛镇,最后惨遭杀害。游击队突袭日寇据点,抢回其体,公祭后安葬),又有田中邦",可见其影响之大。

高作大地,是燃烧的大地,沸腾的大地,光荣的大地。

（《今晚报》2015年7月21日）

父爱如山

先父逝世已经四十年,他去世时,我正当壮年,而今我已是风烛残年的望八之人了。老父的慈颜,几乎天天在我脑海里重现,虽然他总是沉默无语,但他是我无声的榜样:诚实,厚道,勤劳一生。

父亲少时家中生活贫困,无钱读私塾,十三岁便离家到一户富农家里当小长工,养牛、耕地,小小年纪,终日辛苦。为了生计,父亲又逃荒到苏州,不识字只能当苦力,赶过毛驴,抬过轿子,当过门房,最后以拉黄包车谋生。十多年间,年年月月,多少个晨昏月夕,雨雪交加,父亲迈着沉重的步履,拉着黄包车穿行在苏州的大街小巷。苏州号称东方威尼斯,河水纵横,古老的拱形石桥密如蛛网。父亲拉着客人,不断上桥、下桥、上桥时,偶有善良的客人跳下车,走过桥,再坐上车,但大部分客人不会这么做。父亲每天都是大汗淋漓,而冬天,汗水很快被冷风吹得冰凉,身上很不好受。父亲只有一米六高,沉重的生活重担,压得他的背有点驼。1937年夏天,日寇占领苏州后,他逃到苏州乡下,藏在麦田,一阵邪风吹过,不知什么原因,一只眼睛几近失明。这年秋天,父母商量后决定,母亲带着襁褓中的我和大哥、二哥、姐姐一起逃往江北老家，投奔外祖母，父亲则继续留在苏州拉黄包车，苦度光阴。

我再次见到父亲已是1943年夏天，我已七岁。父亲回家探亲，途中被和平军抄走随身带的六块大洋，其中五块大洋还是邻居王小毛托他带回的。父亲后来拿了五块大洋交给王小毛的母亲，只字未提。

1946年土地改革后，家中分到十六亩稻麦两季的良田，父亲才从苏州回家务农。父亲特地买了几支钢笔，托船工藏在筒子里，送大哥、二哥和我一人一支，我高兴极了。父亲还带了不少美军二战后的剩余物资牛肉罐头，他舍不得吃，都给我们吃。

我儿时顽皮，不注意卫生，夏天下河游泳，抓鱼摸蟹，生吃草虾，经常肚子痛。十三岁那年大伏天，我从河里上岸不久，肚子就剧烈疼痛，满头大汗，呻吟不止。父亲见了，立刻背起已一米六八的我走了三里路，到镇里医院就诊。一路上，有几十个路人都说："老爹爹，你儿子这么大了，你还背他，怎么这样惯他啊！"父亲一声不吭，只顾赶路，当中也未停下休息，经医生检查，我得了急性肠胃炎，当场服了药，还扎了针灸，不到一小时，我就不疼了。回家时，他默默地跟在我身后，没有半句怨言。

我努力读书，深感不能辜负父母。我和二哥一起考上初中后，父亲用小船运了二石小麦，到高作镇上卖了，给我俩筹足学费。我上高中，考复旦大学，读研究班，父亲都全力支持。他跟外村老汉割牛草时聊天，那位老爷子说，听说有个王春瑜，七岁时在高作区全区村民大会上，代表抗日儿童团演讲打鬼子的重要性,头头是道,真不简单! 父亲笑着说:"他是我三儿子,现在在上海复旦大学读书。"那位老爷子说:"您真是好福。"1956年夏天,放暑假时我回乡探望父母,父亲特地将外村老爷子的话告诉我,他笑眯眯的,内心满是喜悦。

"文革"期间,四凶横行,人妖颠倒。我因参加了1967年1月28日复旦大学"炮打张春桥"的活动(简称"一·二八"),被打成现行反革命分子。父亲赶到上海给背了一段毛主席语录:"下定决心,不怕牺牲,排除万难,去争取胜利。"他是高作乡人民公社贫下中农协会主席,工宣队不好说他什么。1970年春,我的妻子,一位年轻的红外线专家被迫害致死,父亲安慰我:"她是好媳妇,就这么没了,可怜哪。你将来的帽子一定会摘掉的,会再团起一个家的!"父亲的鼓励对我是莫大的安慰,支撑我度过漫漫长夜,遗憾的是,他没有等到我平反,就于1975年2月不幸辞世,虽然享年八十三岁,称得上是高寿,但对我来说,没能在平反后好好孝敬他老人家,实在是惯憾终生。如有来世,我一定好好报答他,愿老父在天之灵安息。

（《光明日报》2015年6月26日）

长兄如父

——怀念先兄王荫先生

长兄王荫(1921—2012),原名春友,参加革命后,改现名。他1943年入党,先后担任小学教员、校长、区政府文教委员、县政府文化股长、江苏省淮剧团指导员兼团长、盐城市政府文化局文化艺术科科长。他写过鼓词、小调、民间故事、剧本,晚年编成文集《艺文枝叶》出版,乔羽先生题写书名,我作序。

据家谱记载,我们的老祖宗原住苏州阊门,明初,"洪武赶散",被朱元璋下令移民到苏北垦荒,定居在今建湖县高作镇长北滩。所谓长北,是南宋民族英雄陆秀夫故里长建乡(今建阳镇)北之谓也。"宋灭无降帝,陆沉有秀夫。"(友人流沙河先生联语)荒凉的盐滩,能与陆秀夫故里结缘,自然是与有荣焉。

岁月如流,长北滩王氏传至先祖父凤高公,仅有四亩含有盐碱的薄田,育有六个子女,生活贫困。先父成家一年后,先生下长兄春友,父亲逃荒到苏州当苦力,拉黄包车。母亲抱着大哥去了苏州。大哥长大后,先读私塾,后读公立新闻小学,晚上还到不收费的桃花坞中学初中补习班学习。大哥自幼聪明好学,他常拿到学校发的奖品。我读小学时,在大哥的书箱里,还看到平民夜校奖给他的一套精装本"四书"。1937年秋,日寇攻陷上海后西进,轰炸苏州,人心惶惶。父母商量后,母亲带大哥、姐姐、二兄、我登上难民船,逃往建湖老家,投奔外祖母。父亲继续在苏州当苦力,挣钱养家。

大哥长我十五岁。1940年秋,大哥、大嫂结婚,我虚岁四岁,妹妹玲英才一岁,母亲让我跟哥嫂睡一个被窝。他俩对我很呵护。什么叫长兄如父,长嫂如母?这就是。我儿时非常顽皮,把大哥的墨水打翻,在他的抽斗里翻得乱七八糟,把他的结婚礼帽,从帽盒里拿出来,与小伙伴玩游戏。大哥很生气,骂我,揪我耳朵,但并不打我,何况母亲、大嫂见状都护着我,说:"哪个男伢子不皮呀?他还小,还不知好歹呢。"

我虚岁六岁时,在新四军建立的蒋王庄抗日民主小学上学。开蒙老师是年轻的夏一华先生,师范毕业,戴礼帽,穿长衫,温文尔雅,我们喜欢他,家长都尊敬他。一日三餐,都是学生家长轮流供饭,虽说穷乡僻壤,家长都是贫苦农民,没有大鱼大肉,但总千方百计弄些好吃的招待他。我还记得,有次我家供他晚饭,母亲用磨的豌豆面摊薄饼,金黄色,炒韭菜,夏先生吃了很高兴,笑着说:"本来我还以为是摊鸡蛋饼呢,以前从未吃过。"

令人痛心的是,夏老师只教了一个学期,就因肺病去世。

我们都很难过。经乡政府商量，并报请县政府文教科科长①批准，大哥被任命为蒋王小学校长。其实，说是校长，教员就他一人而已，从一年级到四年级，语文、算术、常识、音乐、美术等课都是他教，孙兰科长曾表扬蒋王小学是模范小学。1949年我在高峰小学毕业后，考上建湖县湖七初中，以后读盐城中学高中，考进复旦大学读本科、研究生，大哥都节衣缩食，全力支持。1954年，我因病去南京、上海治疗，做手术，他拿出一百多元支持我。这在当时是可观的一笔钱，小学教员月工资才十八元。当时，他每月工资才四十八元，他从事文化工作，级别定的低，工资也就低。

1961年，我与毕业于复旦物理系的过校元女士在沪结婚。当时全国饥馑，食品奇缺。大哥千方百计，买了猪肉、猪肝、花生等，赶来上海，为我俩道喜。我俩后又回盐城、建湖乡下探望父母、亲友，受到大哥的热情款待。返沪时，他又设法买了食品，让我带回上海。

长兄如父！大哥对我的培育之恩，我是没齿难忘的。

2015年1月5日于牛屋

---

①她就是毕业于清华大学、后来当过淮安县长、新中国成立后曾任上海市教育局局长，"文革"中被迫害死的孙兰老大姐。她曾来蒋王小学考察，我见过她，短发，衣着朴素。

大嫂

立夏后一日,我的大嫂黄立英,在苏州外甥女家去世,享年九十六岁。这天,她的兄弟黄立成赶到苏州来看她,她见了老兄弟,眉开眼笑,谈笑风生,还喝了一口牛奶,却随即闭上眼睛,与世长辞了。享高寿,辞别时,又如此安详,可谓喜丧。

大嫂出身贫苦农家,其父会做豆腐,有草屋两间。十九岁,嫁给我大哥王荫,抗战时参加新四军抗日根据地工作入党的离休老干部。其实,我家比她家还穷,上无片瓦,下无寸土。住的草屋,是租来的,年年搬家。她嫁到我家时,我虚龄四岁,已记事。我有个妹妹玲英,母亲带她睡觉,我便跟大嫂一头睡,有时我二哥春才,也跟她挤在一个被窝。什么叫长嫂如母? 这就是。

大嫂那一代妇女,在盐城的穷乡僻壤间,只有小名,没有大名。多少妇女去世时,牌位上写着张氏、李氏等,像秋风吹走一片落叶,无声无息。直到1946年盐城土地改革时,土地证上必须有每户所有人的名字,大哥才给母亲起名曹效兰,大嫂起名黄立英。不过,无论是母亲还是大嫂,对名字根本无所谓。

大嫂年轻时体质差,面黄肌瘦,冬天大风呼啸时,她便头疼，牙疼，哼哼不停，躺在床上。那时，我父亲恒祥公在苏州拉黄包车，把挣来的钱，让母亲租富户的三四亩地，收获的大麦、水稻，按四六分成（田主得六）养活我们。大哥因先后当抗日根据地小学校长兼乡剧团团长、区委文教委员、县政府文教股长等，长年忙碌，大嫂和我姐姐便成了家中的主要劳动力。插秧、割稻、打场——用连枷在打谷场上打麦子，麦子晒干后，还要用簸箕扬去灰尘，弄得一身灰头土脸。大嫂虽然体质差，但十分勤劳，一年四季，特别是在严寒的冬天，天刚麻麻亮，她即起身，到厨房煮一锅稀粥，让我们吃早饭。家乡本来有水田，土名叫沤田，一年一季，只种水稻。稻子收割后，稻田的水沟里，水草下面有很多小虾。大嫂用旧蚊帐布，制成捕虾工具，在水沟里捞小虾，倒在盆里，拿回家后，用竹筷挑去水草，把小虾洗净，与咸菜一起煮，其味鲜美，是喝稀饭最好的小菜。有时捕的小虾较多，她便把小虾倒在瓦缸里，放水，加盐，再严密封口，大约半个月后，便成虾酱，炖时加葱叶，也是佐餐的佳品。

大嫂不识字，但记性很好。她高兴时，能唱几段淮剧，有板有眼。她对我们的父母很孝顺，伺候二老尽心尽力，为二老送终。

大嫂为人平和，尊老爱幼，与邻居和睦相处，与孙四姐更亲如姊妹。抗战时，我们住在蒋王庄，庄上经常住有新四军。一位腿部受了重伤的新四军老战士老乔，住在我家养伤，我母亲、大嫂对他视如亲人，端茶送水，倒尿壶。老乔很感动，后来卫生队用担架抬他去后方医院时，他对我家依依不舍。后来我们得知老乔，山东人，是位老红军战士。

（《盐阜大众报》2017年6月4日）

胡适与王毓铨

去年10月27日，北京已是落叶飘零的晚秋，我接到同事也是好友王曾瑜兄的电话，匆匆赶到同仁医院冰冷的地下室告别室，向王毓铨（1910—2002）先生的遗体告别。没有鲜花簇拥，没有已成了八股调的悼词，也没有拥挤的人群；只有闻讯而来的历史所部分同事及个别所外同行。我向毓老深深鞠了三个躬，凝视着他安详的遗容，几多苍凉，几多感慨，涌上我的心头。

是的，"死去原知万事空"，他当然什么也不知道了。但是，他也曾激情过，燃烧过，辉煌过，倒霉过，悲怆过，无奈过。人呵，什么是人的一生？酸甜、苦辣而已。小人物、大人物、凡夫俗子、才子俊彦，概莫能外；毓老无疑是史学界的俊彦，他作为中国经济史（主要是货币史）、秦汉史（主要是秦汉经济史）、明史（主要是明代的军屯、皇庄）学界的老前辈，他的学术成就，是令人瞩目的。 即以《明代的军屯》为例，出版后，被国内外明史学者一再引用，公认为是研究明代军事史、经济史的典范之作。我的好友台湾中国近代史专家张存武兄曾告诉我，在两岸隔绝的年代，有次他去香港，买到此书，遇台北海关时，偷偷藏到大衣袋内,然后把大衣搭在臂上,作潇洒状,才蒙混过关,将此书送给明史学者张治安教授,治安兄如获至宝,仅此一例,也足以说明学人对毓老著作的重视了。但是,回顾毓老的一生,依然是曲折、坎坷,"世路崎岖难走马"。

他在读中学时,曾参加共青团,那正是第一次大革命的燃烧岁月。随着"四·一二"政变、大革命的夭折,他又回到了书房。他在北京大学历史系的毕业论文,是胡适指导的,给了他八十五分。有次毓老与我聊天说起此事,微笑着说:"你要知道,胡适先生打分很严,八十五分是最高分了!"后来,他去了美国,还是研究中国历史,待遇丰厚。大概是1985年,他有次跟我聊天,神情庄重地说:"现在想来,真有点荒唐、可笑!一个中国学者研究中国历史,却要跑到美国去研究!"我听了不知说什么好,一时语塞。说起胡适对他的关怀,他是一直怀着感激心情的。新中国成立后,周恩来总理发表讲话,号召海外知识分子归国,参加新中国的建设。他动心了(也许是老共青团员的政治情结使然)。他向他的老师胡适谈了自己的想法,胡适不以为然,说:"在美国的华人汉学家中,你的工资是最高的,大大超过了我。这样好的做学问的条件,应当珍惜。"过了些时候,他决心回国,再次去见胡适,说:"这是一个新中国啊!建设新中国要靠大家,包括我们这些在海外的中国人。"胡适看他主意已定,便请他吃饭,语重心长地说:"你回国后,一件要做的事,就是批判我,否则你难以立足。"而今,毓老已作古矣。倘若当年他听从恩师胡适的话,不回国,安安稳稳地做他的学问,有两点是肯定无疑的:一、他将取得更丰硕的研究成果;二、他就不会暮年婚变，落入圈套，差点坐牢，以致晚年凄惶、孤寂；更不用说，与我辈知识分子一样"四清""文革"接踵而来，在扭曲、屈辱中，耗费了十多年大好年华。然而，逝去的历史是不能假设的。我的"倘若"，除了感叹，还能有什么呢？

毓老是大学者，也是典型的书生。他臧否人物，实话实说，使一些同道不悦。他曾说某教授研究经济史"尚未入门"，传至此老耳中，极为不快；说某先生是"萌芽专家，而实际上中国根本就没有资本主义萌芽"，使此兄升等受阻，因而结怨。他在担任明史研究室主任时，对我辈后生期望很大，要求也就很高，如要求每人读完《明实录》，读五百部明人文集，至今我未能读完《明实录》，惭愧之至，料想其他同事，当与不才大同小异。侥幸的是，我在升副研、研究员时，由于毓老的宽宏，"上天言好事"，都是一路顺风，一次通过。而有的同事，则由于毓老的直话、实话，一再受阻。"落第举子"的心情，毓老是难以体会的。有件小事，当时曾令我啼笑皆非，故至今仍记忆犹新：1989年初秋，我去探望毓老。直到天渐渐黑下来，他仍留我再谈下去。并热情地说："你就在我家便饭好了。"我连连推辞。老实说，我对其夫人（后在她坚决要求下，暮年的毓老只好与她离婚）一向无好感，也从未当师母那样尊重过，岂能在这里吃饭？但毓老一本正经地说："我先去问问她，有没有你吃的晚饭？"我闻之一愣，一会儿他从对门回来，跟我说："她说没有你吃的晚饭。"毓老书生气到什么程度，于此不难想见。他是一个真实的人，没有半点掩饰，一丝虚伪。外界每有传言，说他瞧不起谢老（国桢），我去历史所较晚，不知道他是否曾经低评过谢老？但是，我清楚地记得，有次他来研究室找我说事，提起谢老，他说："把笔记资料引进明代经济史的研究，这是谢老的一大贡献。这是人家的成就，是必须看到的。"20世纪80年代，我致力于研究明朝宦官，对刘瑾的评价，与他分歧很大，但他不以为忤，我与杜婉言女士合著的《明朝宦官》出版时，他请其老同学张政烺先生题写封面，一再说"玉峰（张先生的字）的字好"。并告诉我《清明上河图》上有冯保的题跋，后来我买到了此画的复制本长卷，在画末冯保的字果然赫然在焉，加深了对冯保文化素养的认识。

去年冬，我迁居西什库大街。这里原是明代宫廷中西边由宦官掌管的十个库房。倘毓老还健在，得知我搬到这里，会不会说我研究宦官，竟搬到当年宦官的老窝里呢？呜呼，碧落黄泉，毓老何在？思之泫然……

2003年3月14日下午
于西什库老牛堂

启蒙师

我这大半辈子,写过几百万字,但是第一篇作品——严格地说,是第一篇作文写作、"发表"的情景,至今还历历在目。

1943年,我虚岁七岁,在今江苏省建湖县高作镇蒋王庄小学读二年级。夏一华老师教我们作文。听大人说,他是远近闻名的"读书人之乡"楼夏庄人,毕业于盐城名校亭湖师范,是个受过现代教育熏陶的人。这与不少原是塾师,根本不懂现代教育的小学老师大不一样。

夏老师要我们把看到的有意思的事写下来,心里是怎么想的就怎么写。显然,这与塾师教八股文、大讲代圣贤立言比较起来,简直就是"革命"了。我想起我们一群小伙伴在一小块空地上种鸡毛菜(即小青菜)的情景,觉得很有趣,便用毛笔在纸上写道:"鸡毛菜长出来了,绿油油的,多好看哪。蝴蝶在上面飞来飞去,多快乐呀。"夏老师看后,微笑着用红笔在我的作文上批了一个"优"字,并贴在教室后面的墙上,这就是"发表"了。同学们下课后都去看,我自然很高兴。

我的第一篇作文受到夏老师的表扬,对我以后的成长产生了重要影响。我幼小的心灵茅塞顿开:什么叫写作?这就是写作嘛,从而打消了对写作的神秘感。

　　夏老师是个温文尔雅的人,皮肤白净,身体瘦弱,穿长衫,戴礼帽。我儿时颇淘气,曾先后跌进粪坑、栽到河里,差点儿淹死。一次,我竟然在描红簿上写下"夏老师像个大姑娘"一行字。这无疑是"犯上作乱",欺侮老师了。常言道,兔子急了还咬人呢,况尊为师长者乎!夏老师看到后很生气,用戒尺打了我的手心儿下。但他显然手下留情了,我并不感到很疼。

　　我家地处水乡,居住条件极差。我又太顽皮,不讲卫生,头上生了不少虱子。下课后;在教室外的阳光下,夏老师常常帮我捉虱子。当时我就产生联想:他批改我的作业,改掉错别字就跟捉掉我头上的虱子差不多。

　　令人痛惜的是,夏老师只教了我们一个多学期的课,便因患肺结核病倒,不久即去世,年仅二十多岁。

　　近六十年过去了,我常常想起这位启蒙老师。师恩岂能忘!

2003 年 4 月 11 日

琐忆黄仁宇

　　自从黄仁宇先生在美国纽约一家电影院看电影时突然倒下，与世长辞，我常常想起这位美籍华人著名历史学家。他去世后，我国掀起了一股黄仁宇热，差不多把他的所有著作都出版了，三联书店更是不遗余力。黄仁宇的著作在史学界，更多的是文化界掀起巨大的冲击波。年轻学人、文化人，为之深深吸引，甚至视为高山仰止。近年来，报刊记者来采访我，问我对黄仁宇的史学著作，特别是《万历十五年》的评价，以及对黄仁宇的印象。我都如实说了。学术著作从来是见仁见智。老实说，我不太喜欢黄仁宇的史学著作，《万历十五年》亦不过如此而已。他比我年长多了，是前辈，但他研究生毕业拿到博士学位，比我还晚一年。不过，我国高校当时采用苏联体制，我拿到的是副博士。因此，在学术上，我与他倒是平辈人。说真的，作为一个活生生的人，黄仁宇留给我的印象比他的著作要生动多了。

　　1987年夏，我的工作单位明史研究室着手筹备定于次年秋在哈尔滨召开的国际明史研讨会，由我负责。我与老专家王毓铨前辈商量后，他说应当邀请黄仁宇来参加。我说："我与此公没有往来，听说他似乎学问大，架子也大。香港大学召开的第一届国际明清史研讨会，我去参加了，会上听说'港大'曾向黄仁宇发出邀请，但他没有到会。"王老说："我曾在美国生活过很多年，与黄仁宇很熟，他对我很客气，能摆什么架子？"我请王老亲自写封信去邀请，王老答应了。过了个把月，王老来明史研究室，说："黄仁宇来信了，你看看吧。"我一看，开头寒暄几句，感谢邀请之类，但笔锋一转说："'天生我才必有用'，可惜做不到'千金散尽还复来'。现在我已失去纽约大学的教席，吃饭都成了问题。"因此，他提出我们能给他提供开会时的来回飞机票以及住宾馆的食宿费。我对王老说："来回飞机票恐怕难以办到。"王老说："你不要信他的，他没穷到这个份儿上。再说美国有很多学术基金组织，他可以去申请。"尽管如此，我还是与室里的同事及历史所科研处商量过黄仁宇来华的事，后来又与室学术秘书廖心一一起去哈尔滨筹备会议，跟主办单位之一黑龙江大学历史系主任段景轩教授商量此事。我们达成共识：鉴于黄仁宇已失业，可以减免他的赴会"门票"——如报名费、资料费、交通费之类，也可少收他的住宿费，但来回飞机票只能由他自理。后来，黄仁宇让他在桂林教中学的妹妹来信与我们联系，说几十年未见面了，希望能在哈尔滨见面，同意她参加会议，并减免她的住宿费。内战使黄家兄妹骨肉分离，天各一方。我们同情其遭遇，邀请她赴会。事实上，后来不仅免去她在会议期间的食宿费，连黄仁宇的也免了。应当说，中国明史学界对黄仁宇是友好的。附带说一下，这位黄姐眉清目秀，体态丰腴,温文尔雅,与黄仁宇适成鲜明对比。

临近会期,有一天田汉的公子田海男来电,说有事要面商。我说是不是为了黄仁宇的事?他说是。我知道,他和黄仁宇是挚友。黄仁宇在回忆文章中,曾经提到抗战时他和田海男曾在名将阙汉骞(时任十四师师长)麾下当过少尉排长。黄仁宇对田汉很尊敬,一直称他田伯伯。黄仁宇在文章中多次述及与田汉的交往,笔下一往情深。田海男与我见面后,强调黄仁宇是蒋纬国的好友,我们应当热情接待。黄仁宇拟先来北京小住,食、宿、行都由历史所负责。我如实向主管科研、外事的一位副所长汇报此事,这位老兄一听就很反感,说:"黄仁宇既然有这么大的来头,田海男何不找民革中央或者统战部接待,找历史所干什么?"此人是研究元史的,与黄仁宇显然是隔行如隔山,对他的学问与行事做派,看来都不感兴趣。我只好在电话中对田海男敬谢不敏,他也只好另想办法。

真没想到,在哈尔滨的会上见到黄仁宇,交谈后他热情地说:"我看你的长相与言谈,很像台湾政治大学也是搞明史的张哲郎。你认识他吗?"我说:"知道他,也见过照片,但没见过面。"后来,张哲郎教授来大陆开会,我俩多次见过,我去台湾开会时,也见过面,他很善谈。我曾把黄仁宇的这席话转告张哲郎,他听后很感兴趣。

但是,总的来看,黄仁宇在会上留给与会者的印象是不佳的。在分组讨论时,他跟我一组,由明清史专家李文治前辈主持会议。黄仁宇发言介绍美国明史研究情况时东扯西拉,而且草草讲完就退出会场,扬长而去。素以忠厚长者著称的李文治老人，忍不住说："美国明史学界的情况并不像他这样介绍的。黄先生的发言有片面性。"我认为，黄仁宇未免小看我们了，与会者都是专门研究明史的，岂能不了解美国的明史研究状况？而且他发完言就甩手而去，这是对与会者的不尊重，特别是对李文治老前辈的不恭。

在另一次讨论会上，黄仁宇发言时，说着说着竟跳起来，蹲在沙发上侃侃而谈。他大概是忘了，这是在国际明史研讨会上，而不是在当年国民党的下级军官会上，或训斥国民党大兵的场所。他这样的举动理所当然地引起与会者的反感。更让人不快的是，他在发言中不谈明史，却大谈所谓"五百年大循环"的"大历史观"，令我辈听之无味。还让人倒胃口的是，他大谈解放战争时，他时任国民党军队少校，是如何在东北战场与解放军打仗并失败的。他的结论匪夷所思："国民党为什么失败？因为国民党军队的士兵都是土匪。早晨起来操练，排长挨个儿挥拳向每一个士兵胸脯打去。这些土匪能打胜仗吗？"我的学长，曾任志愿军炮兵排长，对国民党军队相当了解的复旦大学历史系教授汤纲，忍不住站起来驳斥了黄仁宇的这种奇谈怪论。黄仁宇又发言辩解，只能是越辩越被动。中午吃饭时，为了一件小事，黄仁宇大发脾气，怒气冲冲地大步走出饭厅。这又让我们大吃一惊。我与段景轩等赶忙追上去，劝他老人家息怒。我在国内、海外曾多次参加国际学术研讨会，但像黄仁宇这样的言谈举止，还是头一次碰到，真让我开了眼界。不少与会者散会后，说"黄仁宇简直是个兵痞"。这有失温柔敦厚之旨，我不赞同。

不过，黄仁宇对我本人，以及这次会议还是有帮助的。我曾私下拜访他。为了拉近距离，我告诉他我是西雅图陈学霖教授的好友。他与陈学霖熟稔，听后果然对我亲切多了。我说："这是在中国开会，最好只谈学术和明史，免得遭人非议。不能像在美国，您想说什么就说什么。"他诚恳地说："看来你对美国还不了解，在那里，也不是想说什么就能说什么的。"我承认我对美国的自由、民主认识是很肤浅的。王毓铨老人对学术论文的要求一向非常严格。他看了与会者提交的论文后，认为多数都一般化，因此他不参加小组讨论。我们对这位前辈不便说什么。多亏黄仁宇在吃饭时，直言不讳地对王老说："毓老，你怎么老是待在房间里？和我们一起参加小组讨论多好。"王老为了给他面子，参加了几次小组讨论会，这对年轻的与会学人无疑是个鼓励。

哈尔滨会议一别，与黄仁宇竟成永诀。人是复杂的。在我的片段印象中，黄仁宇是一个保留着旧军人不良习气的性情中人——尽管他在史学上有不少建树。

2005年春于西什库

望断南天
——怀念谭其骧师

　　亡友马雍教授生前常跟我聊天。马兄口才甚佳,嗓音洪亮。有次我恭维他的口才,他连忙说:"我的口才算什么! 我看当今史学家中,没人能赶得上谭其骧(1911—1992)先生。我听过他的课,也听过他的学术演讲,条理分明,生动活泼。"1955年秋至1964年春,我在复旦大学历史系攻读,多次听过谭先生的讲话、报告、历史地理课。"四人帮"粉碎后,更过往从密,我可以证实马雍兄盛赞谭先生的口才极佳,绝非虚誉。1958年"大跃进"时,谭先生是历史系系主任。当时很时髦的一件事是学生给老师、系领导提意见。我所在年级的两位未免过于天真的傻大姐,给谭先生提了一条意见:"我们毕业后,有可能去当中学教师。但系里从不开历史教学法这门课程,将来我们上不了讲台怎么办?"谭先生当众答道:"你们放心好了,我虽然没学过历史教学法,但教了几十年书,从来就没有被学生哄下台过!"我们听了都哈哈大笑,包括那两位学姐。1959年春,史学界因为郭沫若先生写了《替曹操翻案》而掀起了讨论曹操的热潮。谭先生基本上对郭老的论点持异议,在复旦工会礼堂为全系师生作《论曹操》的学术演讲。谈到史料上记载曹操先后两次攻打徐州,杀人太多时,谭先生说:"固然'多所残戮''鸡犬亦尽'之类的记载是形容词,难免夸大。就拿'鸡犬亦尽'来说,总不会在一场大战后,打扫战场时,有人突然惊叫一声:'哟,这里还有一只鸡呢!'"全场立刻哄堂大笑。谭先生说:"尽管如此,《吴书》《魏志》等史料记载曹操大量杀人还是可信的,郭老予以否定是不符合历史实际的。"用亡友谢天佑教授的话说,历史地理学"是在典籍字缝里做文章的大学问",颇费考证工夫,相当枯燥。但谭先生讲这门课时,从来不带讲稿,至多带几张卡片,各种地名的沿革了如指掌,娓娓道来,谈笑风生。哪怕是炎夏,学生也没有一个打瞌睡的。

谭先生对"左"深恶痛绝。我曾问他对三位故人的评价,他分别回答:"左","也左","更左"。对授业弟子,他一向关怀备至。以不才而论,"文革"中我遭受严重政治迫害,丧妻。平反后,谭先生及谭师母曾为我介绍在徐家汇房管所工作、常来谭府做客的小名三妹者,秀丽端庄,后移民加拿大,此事才未成。他亲笔写信给社科院历史所领导尹达先生,鼎力推荐我,我得以调入历史所。1979年3月,谭先生进京参加全国人大会议,住国务院二招,他给我来信,要我去看他和周谷城师,知我来京不久,路不熟,特地在信的背面画了一张地图,告诉我怎么走。这让我感受到父爱一般的温暖。此信我至今仍珍藏着。

谭师谢世十二年了。望断南天无觅处……唉!

2004年12月24日于老牛堂

走近方成

　　我童年时就知道漫画家方成大名,但认识他,不过是近六年的事。在一次杂文家的聚餐上,见到方成,我送他一本杂文集《牛屋杂俎》,他很高兴,开始成为朋友。这些年来,我们除了不时在座谈会上、餐桌上频频见面外,我也几次去过他家,并有幸与他一起畅游中山、珠海、深圳,在一个星期内朝夕相处,更切身感受到这位比我年长十九岁的老大哥、忠厚长者的人格魅力。

　　就从这趟南国之行说起吧。前年初冬,我游蜀归来,什邡市的国画家赵彬,托我将他的画集送一本给方成。于是我去了方成家。他翻开画集,很欣赏,说赵彬博采众长,画风浑雄,意境高远。并当场取出一册他的漫画集,签上名,要我转送赵彬。我知道,他经常应邀外出,一年差不多有四分之一时间在各地度过,真个是无处不去,浪迹天涯。我问他:"方老,最近外出吗?"他说:"明天中午就走,飞到深圳,然后去老家中山。"我闻之大喜,忙说:"我前年到过中山,但只参观了中山故居,别的地方没去。我很想去瞻仰诗僧、小说家苏曼殊的故居。湖北有个女孩子,曾在我家当小保姆,现在中山打工,我也想趁便去看看她。"他说:"行!跟我一起走方便哪,我跟中山文化局打个招呼。你现在就去买飞机票。"我说:"太好了!但我身边没带那么多钱,回家后我就去买。"他说:"我有钱嘛。你回家后拿钱再买,买不到明天中午那一航班怎么办?"说着从上衣的口袋里,取出一叠钱,数了起来,我看着一百元一张已数到二十张,忙说已经二千了,足够了!赶紧告辞,去离他家不远的呼家楼民航售票处,买了机票。我在电话中告诉他,他说:"很好。你明天先到我家来,我跟报社要个车,一起走。"次日,我提前去方成家中,便将二千元还给他,他说:"急什么?"我硬塞到他的口袋中。

我们很快到了首都机场。他对我说:"把身份证、飞机票都给我。"我书呆气十足地问他:"干什么呀?"他说:"办登机手续啊!"我赶紧说:"啊呀!您这么大年纪,这件事应当由我来办。"他说:"我走路比你快,办这种事很熟练。"虽说我很感动,并觉得有些惭愧,但还是把身份证、机票交给他了。他手脚麻利地办好了手续。飞抵深圳后,中山文化局派车来接。在中山、深圳,每天早上6:30,他准时打电话叫醒我,说:"起来了吗?七点钟吃早饭。"与我们同行的,还有在他家打工的小张的妹妹。她是安徽人,在京中做服装生意。方成在私下跟我说:"小张(此小张指在其家中打工的小张的妹妹)做生意,非常辛苦,早出晚归,赚钱很不容易。有时我家有好的小菜,我就让她姐打电话,请她回来吃饭。这次我带她出来走走,平时她哪有这种机会?"因此,他不但照顾我,还照顾小张。本来,我们俩应当处处照顾、侍候方成老爷子,事实上,完全倒过来了。天底下竟有这样的好人！

在中山期间，该市文化局一位姓纪的副局长，对我们热情招待，悉心照顾。他对方成非常敬重，哪怕方成写的一个便条，他都珍藏着。他很想得到方成的一幅水墨漫画，但又不便启齿。我看出他的心思，便说：到深圳后，得空我与方老合作一幅鲁智深送您，他画好后，我在上面题跋，差不多等于写一篇短杂文。老纪一再称谢。到深圳麒麟山疗养院后，那里山清水秀，鸟语花香，池中水莲盛开，金鱼游来游去，俨然是行吟诗人在漫步。方成兴高采烈。我跟他说了要合作一幅画送老纪，他说此人很好，可以送他一幅画。我说，您就画一个鲁智深，画得越凶狠、越愤怒越好，他问为什么？我说您画好后，看了我在画上的题跋就知道了。吃好晚饭，他在卧室的桌上，很快就画了一幅扬起浓眉、睁着似乎喷出一腔怒火的坏眼、手执闪着寒光要横扫贪官污吏的禅杖的鲁智深。真把鲁智深画活了！我拿起笔在画上即兴发挥，写了近二百字，盛赞鲁智深是除恶的活佛。方成看了说好。我仔细欣赏这幅水墨鲁佛爷，真是爱不释手，很不好意思地说："方老，您这幅鲁智深画得出神入化，我真有些舍不得送人。"他忙说："怎么可以失信于人？画还是送给老纪。你这么喜欢鲁智深，我再画一幅送你好了。"第二天清晨，他把我叫到他的房间，指着桌上又一幅画好的鲁智深，对我说："我昨晚开了个夜车，画好了，送你，现在轮到你在上面发挥了！"面对这位八十二岁高龄的前辈，我感动得不知说什么才好。我拿起笔在上面题跋，他看到落款上"盐城百姓王三爷春瑜见方成翁新造智深佛像，感而书此"云云，不禁呵呵大笑。是的,在他的为数众多的老少朋友中,有谁居然自称三爷? 只有我王三爷,岂不好笑。我很珍惜这幅画,不仅是画好,更凝聚着方老对我的深谊。返京后,我托故宫友人,请国宝级的装裱师裱好此画,又请画店配上镜框,悬于客厅,朝夕相对,此画和我的跋文,在多家报刊上发表,包括香港《大公报》,受到文友的好评。

方成是最守信用的人。去年冬天,我从郊区方庄迁居市中心西什库大街。新居宽敞,我邀请好友方成、邵燕祥、牧惠、柳萌、何镇邦、陈四益、孙毓霜等来小聚,请他们喝茶。但天有不测风云,届时下起了大雪。我妻担心地说:"天这么冷,这几位年纪都不小了,方老更是年高,来不了吧?"我说:"他们都会来,方老也肯定来,他是最守信用,最重视友情的人。"果然不久,他就兴致勃勃地爬上五楼,掸着身上的雪花,摁响我家的门铃。一进门就说:"羊年快到了,我已84.5岁了!"邵燕祥说:"是啊,接下来就要挂羊头卖狗肉了!"大家都哈哈大笑。方成看到王元化先生给我写的"老牛堂"横匾,连连夸奖字写得好。

在我的心目中,方成是个道德高尚、热心随和、珍惜友情的长者,他是师长,也是好友。至于他的睿智、幽默、勤奋、坦诚,在文化界,更是尽人皆知。他脸色白嫩,没有皱纹,看上去也不过是六十出头。几年前,我曾在他的杂文集《画里话》跋文中说:"要是他活不到一百岁,肯定是老天爷犯糊涂了!"现在我更以为我说的是"至理名言"。

(《教师报》2003 年 9 月 24 日)

动物语录

狮子

一想到老祖宗,俺的心头就滴血。五千年前古埃及的狮身人面,何等巍峨、肃穆!传到中国,俺爷们的形象成了脖子上挂着响铃,追逐绣球的小玩闹,这比割掉俺下边那命根子更让俺气闷。现在更甭提了!让俺在动物园长期关禁闭,简直就是无期徒刑。人啊,咋的恁缺德?!

老虎

世上最坏的动物就是人!他们住高楼大厦,却破坏森林,几乎把群山剃成秃子,咱饥寒交迫,被逼无奈,只好流浪到动物园、马戏团瞎混日子。区区毛猴,算什么东西?!居然在山上称大王了!还煞有介事地检阅,獐、獾、鹿、兔、阿猫、阿狗,齐声高呼"大王好,大王辛苦了"。真是岂有此理!

猴子

想当年,咱的老祖宗"齐天大圣"孙悟空,在花果山上称王,威风八面,英雄盖世,叱咤风云,连玉帝老儿也闻风丧胆。看看咱现在,不过是在"大圣"的光环下,坐享其成罢了,惭愧,惭愧。有个叫盐城王三爷的人,在花果山看到咱这副嘴脸,竟嘲笑是"齐天大磕",有这么寒碜人的吗? 气死咱了,咱严正抗议!

猫

听明史专家说,四百年前咱有个祖宗,人称猫王,哪怕是在笼子里睡觉,附近的老鼠见了也有当场吓死的,没死的都垂头闭眼,连大气都不敢喘。现在倒好,咱一个个肥头大耳,偶尔叫两声,还被老鼠大骂:"这狗日的,叫得有气无力,丢人现眼,还不如死了算了!"九斤老太骂咱是一代不如一代,咱不见怪,没得说。

狗

知我者,汉高祖刘邦也。他称功臣宿将为"功狗",何其荣耀! 元曲里的包青天自称"俺便是看家的恶狗",咱多有面子! 现在很多人倒好,将我辈视为玩物,有的女主人还与公狗睡一张床,真他娘的不知害臊!

蜂鸟

别看咱只有蜜蜂那样大,但起飞自如,在空中想飞就飞,想停就停。看看人造的飞机,多笨重! 他们想要造出像咱这样灵巧的飞机,起码还要一百年。人,狂个啥?

(《天津老年时报》2004年1月7日)

怀念抗战时期姚怀龙村长

人生谁不思故乡，老来思乡情更切。每当晴朗的日子，我"无言独上西楼"，放晴远眺，目送蓝天上向南方冉冉去的白云，便心随飘去，思念故里江苏建湖县高作镇乡下蒋王庄，陆陈庄，大小舍的田舍，小桥流水，春树暮云，健在的、逝去的亲友们。友人中，姚怀龙（1915—1998）老大哥，更是我常常想起的一位，他的面容笑貌，在我眼前闪现，仿佛仍然活在人间。

童年时我就认识姚怀龙，因为他是我长兄[①]的老战友、挚友。

苦难伴随着姚老的童年。他出身贫寒，幼年丧父，十三岁便到卖猪肉兼开赌场的商人家里做小伙计，从早到晚，忙个不停，累死累活，却挣不到几个钱。十六岁那年，他到高作镇于家学习面食手艺，做大饼、炸油条、炸馓子等，三年满师后，便留在于家当了十年师父。

1940年新四军挺进苏北，开辟了盐阜抗日根据地。高作镇

---

①王荫（1921—2012），是1942年参加革命，1943年入党的离休干部，盐阜地区著名文化人。

史翻开新的一页。姚怀龙入了党,他开的"记盛强"荣食店,成了党的地下交通站,情报中心。高作虽是一小镇,只有十几家商店,但东有大河,南、北均有较宽之河,交通方便。店家多为草泥房,但镇北有家社会药房"全义堂",是砖砌瓦盖的二层楼房,宽大、坚固。楼上先后住过刘少奇、陈毅、皮定均、曾获秋等领导同志。姚怀龙担任了这个小镇的村长,官虽不大,但担子可不轻。他为人机警。在高作镇西二里地的小西舍,驻扎一个小队的日本鬼子,并建有坚固的炮楼,对我军民构成威胁。高作区政府特派员苏南,指示姚怀龙利用荣食店老板身份,打入鬼子驻地,借送货机会,侦察炮楼、门沟、地道及火力配置情况,提供给区委,后被区武装一举拔掉据点,炸掉炮楼,全歼日寇,除掉高作区的大患。1944年,姚怀龙担任高作镇乡民兵指导员,有二十四条步枪,与日伪军展开游击战。

姚怀龙聪明好学,能武也能文。他自编自演淮剧,有《鱼水军民》《生产记》《锄奸记》《胜利前后》等,还移植了《刀痕记》《绝头路》等。他个子不高,微胖,左嗓子,都是演恶霸地主、汉奸之类反面人物。至今我清楚地记得,他在高作镇西北名叫西北厢的大村庄简易礼堂里演一个大地主,一开腔,因左声左调,观众立刻哄笑,但没二分钟,就被他生动的表演吸引了。同台的演员有孙动(已故)、张金鸿(已故)、高华等。值得一提的是,高华大姐家是在镇上开豆腐店的,却很会演戏,后参军,随黄克成师长率领的新四军三师,转战东北,中华人民共和国成立后任军事科学院财务科长,大尉军衔。80年代初,我与家兄王荫、春才曾去他家拜访,受到她一家的热情款待。她年近九十,仍健在。由于姚怀龙的戏，多数是我大哥导演的，1946年，成立高作区文工团，姚怀龙任团长，我大哥任指导员，剧团的演出，红遍全县。他俩情谊深厚，亲如弟兄，我和二兄春才，也参加演出，打莲湘，打花鼓，演小话剧，姚老视我俩为小兄弟。我俩多次在他家吃饭。更使我难忘的是，家父母去世后，姚老都及时赶来我家，执子姪礼，磕头致哀，并住我家，参加治丧。

今年是姚怀龙的百年诞辰。他在抗日战争、解放战争中的贡献，高作人民不会忘记，更永远活在我心中。

2015年8月23日于老牛堂

扇底文坛有清风

余虽不学，觅食于文史两界，荷蒙师友不弃，每念及，助我良多，幸何如也。明中叶文人圈中流行语曰："相见亦无事，不来忽忆君。"见于万历时学者何良俊的《四友斋丛说》，真可谓深得文人圈心态之三昧。不过，自明末四公子之一如皋才子冒襄（字辟疆，以字名世）后裔、与我无话不谈的金融界前辈（抗战胜利后，代表国民政府从重庆飞抵上海接收上海银行系统，1949年又代表共产党接收天津银行，后任《中国金融》杂志总编）、杂文界前辈冒舒湮老先生（1914—1999）去世后，顿感寂寞，我去冒府凭吊后，凝视他的遗像，倍感惆怅。我顿时想到应当买把扇子，买支日本产的可随身带的墨水毛笔，见机行事，请文坛大佬、好友签名留念，相信积以时日，必成气候，不仅为文坛留下一段佳话，也是珍贵的文坛史料。

我清楚地记得，在这把扇子上第一个签名的是乔羽先生。当时我们同住京南方庄小区，我在东南，他在西北，彼此到家中拜访，也仅一次而已。但我们几乎天天在方庄邮局见面——只要我们不去外地开会、讲学。这是因为，我在邮局设有专门信箱,每天上午十一点钟去开信箱,取走国内外的来函及报刊。乔老则在这时来邮局买各种小报,看得津津有味。我打开扇子,说:"乔老爷,你在扇子上签个名好吗?"他看了一眼扇子背面我写的"相见亦无事,不来忽忆君",笑着说:"很有意思。"随即签下大名。他的字豪放、蕴藉,自成风格,从其签名可充分看出。语曰字如其人。傍晚时分,他陪夫人到菜场买菜,夫人瘦高,长发飘飘,走在前面,昂首阔步,乔老矮个子,背微驼,拎着菜篮,跟在身后,亦步亦趋,成了方庄夕阳下的一道风景线。

日积月累,这把扇子竟被文友签满了。他们是:王蒙、王若水、姜德明、张思之、李慎之、周明、阎纲、李锐、刘锡诚、何倩、钱谷融、方成、范用、王忠瑜、顾骧、梅志、牧惠、叶廷芳、贾植芳、严家炎、何满子、陈四益、王得后、蓝英年、高莽、杜导正、许觉民、曾彦修、何镇邦、于光远、蔡尚思、戴煌、何西来、袁鹰、朱寨、流沙河、杨匡汉、冯其庸、黄宗江、王元化、黄永厚、邵燕祥、丁聪、吴江、戴文葆、朱正、李普、曾伯炎、章以武、杜雨纯、黄树森等。

文坛、学苑的朋友,都熟知上述大家的大名。有些老者已先后离世,如蔡尚思师,他活到一百零四岁,是中国史学史上最长寿的历史学家。签名时他一百岁,我去他府上请安,他把扇子放在大腿上写的,字迹刚劲,在座的还有他的邻居朱永嘉先生,我和老朱都很佩服他恰似南山不老松。于光远先生,大名如雷贯耳,我请他签名在扇子上方,他不肯,说我与曾老(彦修)是好友,在延安(指抗战时期)就认识了。于是他签在曾老名字左面,字写得也较小,一代大学者低调如此。吴江老人是思想家、哲学家,他签名的字也写得较小。吴老晚年笃信佛学,写了一幅字赠我，上书联语"人生到老皆归佛，唯有神仙不读书"。据说是孙传芳大帅写过的联语。我很快将吴老的墨宝装框，置于客厅，朝夕相对，对人生多了一层感悟。李慎之先生是性情中人，曾彦修先生比他年长，党龄也早十年，但他给曾老打电话却直呼其名。他的《风雨苍黄五十年》，是篇惊天动地的雄文，我很佩服他的理论勇气、大无畏的精神。黄宗江先生是位剧作家、演员，冒舒湮先生的表弟，他叫冒老六哥。生情豪放，嘻嘻哈哈。他的签名，未免太随便。他说他死后，骨灰倒进马桶，一抽了之！真是不同凡响。

（《今晚报》2017年5月14日副刊）

送您杜鹃花

去年1月12日，文友方成、牧惠、邵燕祥、柳萌、何镇邦、陈四益等应邀来我的新居喝茶。说来也巧，天空作美，瑞雪飘飘。柳萌大哥冒着严寒在街上转悠了很久，买了两盆杜鹃花送我。但见枝繁叶茂，两盆均各有几十朵红花盛开着，明艳照人，如火如荼，我将它放在阳台的花架上，伴着窗外的雪花，杜鹃花以它骄人的红色，给我们全家人及来访的文友，带来温暖，带来春天将至的大自然的脚步声。让我倍感欣慰的是，这两盆杜鹃花从冬到春，从春到夏，从夏到秋，一直谢了又开，从未间断。今年一月上旬以来，其中的一盆，更是鲜花怒放。春节时，我数了数，整整是一百零七朵！致电柳萌兄，感谢他送我这么好的两盆花。柳兄闻之甚喜，说："你肯定有喜事！我把福气、财气都送给你了。"这自然是玩笑话，也是吉利话。托柳兄的洪福，也是托杜鹃花的艳福，去年我的身体粗安，出版了两本著作、三套主编的丛书，作为一名普通学者、文化人，总算没有白活。今年，托福依旧，写书、编书依旧，也许比去年的成绩还要好一些。

我常常凝视着这盆美丽、鲜艳的杜鹃花，它成了我亲密的小友。其实，自古以来，它就是国人的好友，诗人、学者、作家的文友。唐代诗仙李白写有《宣城见杜鹃花》诗，高声吟哦"蜀国曾闻子规鸟，宣城还见杜鹃花"。杜鹃花又名满山红、映山红、红踯躅，宋代诗人杨万里在《明发西馆晨炊蔼冈》诗中，曾谓"日日锦江呈锦样，清溪倒照映山红"。宋代的本草专家苏颂，在《图经本草》中，谓"今岭南、蜀道山谷遍生，皆深红色如锦绣"。宋代学者洪迈的名著《容斋随笔》卷十，也记载杜鹃花即映山红"在江东弥山亘野，殆与榛莽相似"。这两位古人的记述是非常真实的。犹忆几年前，我从广州坐火车北上，途经江西，时正春天，山岭间杜鹃花红成一片，灿如朝霞，俨然是红色的海洋，让人见之心旷神怡。杜鹃花不仅让人赏心悦目，还是一味很好的中药。它的叶泡酒，可治感冒、头痛、咳嗽等症。这应当是人们历来喜爱杜鹃花的另一个原因吧。

历史上杜鹃花曾一度被人误解为从西天佛国传来，故特别珍视，移栽宫中，成为皇家园林的娇客。唐代王建《宫词》有云"太仪前日暖房来，嘱向昭阳乞药栽。敕赐一窠红踯躅，谢恩未了奏花开"是为明证。杜鹃花成了赐品，在宫禁中也是珍奇之物。这表明当时的皇帝位居九五之尊，高高在上，完全脱离实际。须知，杜鹃花是中国的土产，民间有的是嘛。可见，早在千年以前，一些人就有崇外心理，以为只要是好东西，就是从外国传来的。这是隔膜的悲哀。

20世纪60年代戏剧大师田汉的《关汉卿》中，一曲《蝶双飞》，气壮山河，动人心魄，末句是："待来年遍地杜鹃花，看风前汉卿、四姐双飞蝶，相永好，不言别！"春节已过，不久南国的红杜鹃,将开遍漫山遍野。愿将我心中的杜鹃花,乘春风,送给柳萌兄,送给天下所有珍视友情、爱情的至情至性的人们——我深深的祝福:像杜鹃花一样的红火、灿烂!

(《文汇报》2004 年 2 月 27 日)

母亲的叮咛

儿时,我每出家门,至邻庄玩耍,或至三里路外的高作镇上购笔墨,母亲都要叮咛再三,防备被狗咬,小心失足落水。1954年,我在盐城中学读至高二,因病辍学,次年夏,申请退学,以社会青年身份考入复旦大学历史系,从本科到研究生,读了八年多。毕业后,在上海师范大学任教,后调入中国社科院历史所。复旦大学是教我在知识的汪洋大海中畅游的伟大母亲,而其校训"博学而笃志,切问而近思"是指路明灯,照亮我前进的道路,更似母亲的叮咛,要终生记取,切实遵行。1963年5月,我研究生毕业论文《顾炎武北上抗清说考辨》,经答辩委员会投票通过。走出复旦大学大门,已逾半个世纪,而母校复旦校训,一直像母亲的叮咛,时时在我耳边回响。

校训源自《论语·子张》:"博学而笃志,切问而近思,仁在其中矣。"事实上,这正是复旦大学优良校风的体现。以我就读的历史系而论,教我们世界古代史的教授周谷城,在课堂上多次告诫我们,要于学无所不窥,由博而约。他本人就是个典范,他不但精通外语,更精通史学,以一人之力,写成《中国通史》《世界通史》，20世纪40年代由开明书店出版。1927年，周谷城投身湖南农民运动，任湖南农会秘书长，打土豪，反封建。大革命失败后，他到上海教书，是著名的反蒋爱国的民主教授。

又如教授周予同，在课堂教导我们，不管见到什么书，都要翻翻，要懂得目录学、版本学，又教导我们，"天下兴亡，匹夫有责"，回忆他与周谷城在五四运动中参与火烧赵家楼，亲眼见到匡互生点火的情景。20世纪40年代，他们是反蒋、反独裁、争民主的"上海大学教授联合会"主席，有很大的社会影响。

我研究生时的指导老师陈守实，是梁启超的弟子。抗战时，他投笔从戎，参加新四军，任苏南行署文教科长。战争环境下，常要夜行，他眼睛近视很深，骑马甚不便。粟裕同志劝他还是返沪到大学执教为好，他才重回教育岗位。

三位老师以及教授蔡尚思、谭其骧、王造时、桯博洪等都是"博学而笃志，切问而近思"的楷模，我荷蒙教诲，幸何如也。

我在复旦大学读本科时，遍读文史书籍，换过三个借书证，读研究生时，在善本书室，有多种康熙初年的刻本，如《砥斋集》《海右陈人集》等，还是我第一个掸去书上的灰尘，以前无人读过。研究生毕业论文通过，等待分配时，又蒙蔡尚思师特别关照，给我一把中国现代思想史资料室（内部）的钥匙，使我看了包括汉奸、托派、无政府主义者等等的书，开阔了视野，丰富了知识。我关心国事，心忧天下。我是1967年冬上海第一次炮打张春桥的"一·二八"事件的策划者之一，并写了"点将录"传单。为此，受到张春桥的走狗徐景贤、徐海涛、杨一民、张惠民之流的迫害，我先后三次被隔离审查，直到1976年粉碎"四人帮"后被平反才停止。在丧失自由的日子里，我"切问而近思"，彻底反思"文化大革命"，从1977年至1979年，我先后发表了《究竟谁是牛金星》《株连九族考》《"万岁"考》《烧书考》等杂文。《"万岁"考》发表后，更引起广泛的社会反响。

　　20世纪80年代初，我清醒地看到，贪官日多，民甚厌之。为了总结中国历史反贪的经验教训，我主编了近百万字的《中国反贪史》，此书由四川人民出版社出版，后由中国出版集团、人民出版社重版，并获得第十三届中国图书奖。事实证明，古今往事千帆去，唯有校训一篷知。我将牢记母校复旦校训，继续前行，生命不止，奋斗不止。

（《光明日报》2014年8月10日）

《简明中国反贪史》序

我主编的《中国反贪史》自2000年由四川人民出版社出版以来，曾产生过广泛的社会影响。全国有三十二家媒体做了报道。中央电视台"读书时间"对我做了专访，播出时间近三刻钟，并播出过多次。荣获第十三届中国图书奖。后收入"中国出版集团公司"的"二十世纪哲学社会科学经典文库"，人民出版社前年再版此书，分上、中、下三册推出。去年冬天，辽宁教育出版社负责人刘一秀博士与我商量，拟出版《中国反贪通史》，于是我联系相关学者，增加了近代、现代中国反贪史的内容，由原书的近百万字，增加到近一百五十万字，我的序也超过了万字。此书正在印刷，可望六月面世。

其实，我当初编《中国反贪史》计划分三步走，第一步出版百万字的大书，以示厚重。第二步，出版《简明中国反贪史》，以资普及。第三步，出版十五万字以内的《中国反贪史话》，由我执笔，用杂文笔调写出，并请与我有交谊的漫画大师丁聪先生、方成先生二位老爷子插图。遗憾的是，我觅食于文史两界，成年忙来忙去，无暇为《史话》亲自操刀，岁月如白驹过隙，而今，丁聪老人已归道山,方成翁已是九十七岁高龄,不再作画了,思之不胜惘然。如友人三晋出版社(原山西古籍出版社)社长张继红先生,与我商量后,正组织青年学者,编写此书,出版时,封面将印上"干部读本"四字,真是好主意。我终于也算了却出版《中国反贪史话》的心愿。

《中国反贪史》出版以来,我收到过匿名信攻讦,被一位县检察长剽窃,挨过小人儒白眼,等等。我正在写《文坛学苑亲历记》,上述喷狗血者,将在本书中逐一登场,亮相,此处不赘。

2015年4月23日上午老牛堂

儒林野史

弥勒佛所长

20世纪50年代初，我负笈江苏省盐城中学高中部，常去读海南中学初中时语文老师、班主任葛葵老师家中玩耍。其妹葛衡大姐，供职于盐城保育院，家中挂有该院院长照片，观之大开眼界：颇肥硕，六个幼儿，在其身上或搔首、或挠耳、或揪乳、或挖肚脐眼，不一而足，其人则眉开眼笑，活脱脱弥勒佛转世。后来，我特去"参见"此"活佛"，为人热情，忠厚长者也。

鼾声

1970年冬，我因参与策划1967年1月反张春桥的"一·二八事件"，即上海第一次炮打张春桥活动，被"四人帮"控制的上海市公检法军管会戴上现行反革命帽子，交群众监督，劳动改造。次年夏，又将我押往黄海边的大丰农场，劳动改造。此地原为上海市犯人劳改农场，自中央加强战备令下，犯人均押往青海，成了上海师范大学（奉张春桥令将华东师大、上海师院、上海体育学院、上海教育学院、上海半工半读师院合并组成)干校。我们住的是用芦苇、茅草盖成的简易房,连风都挡不住,更甭说隔音了。某日,从上海体育学院来了几位所谓"五七新战士",其中一位甚胖,腹部似挂着一口大铁锅。人海中,胖得压马沉舟者并不罕见,无足称奇;但奇的是,此公一旦晚上熄灯铃打过,不出两分钟,便鼾声乍起,惊破一江春水!其鼾声始如牛吼,继如雷鸣;有顷,忽然声音渐低,但不出半分钟,突然一声长鼾,呼啸而起,其刺耳的程度,不亚于鬼怪式战斗机发出的噪音!这顿打鼾使左邻右舍一百多人惊呆了,始而惊讶,继而大笑,但笑声、惊叹声,比起此公的鼾声实在是众不敌寡,宛如麻雀叽叽喳喳,根本敌不住马达轰鸣。这一夜,包括笔者在内,所有的人都未能入眠。次日,群情激昂,将他"驱逐出境",让他在打谷场边一间孤零零的小茅屋安身。屋内有架缝纫机,有几位女五七战士,轮流在那里为大家缝补衣服。一日我拿了条破裤去补,此公正要午睡,踩缝纫机者是中文系一位女老师,打招呼说:对不起,妨碍你休息了!此公笑答:不会,你忙你的。他躺下不久,便鼾声大作,似牛吼,赛雷声。对比之下,缝纫机发出的声响,成了几声凄厉、几声抽泣,这位女老师不禁哈哈大笑。我因为早已领教过了,未再称奇。

赵宋庆先生

赵宋庆先生,不知生于何年,约卒于20世纪60年代。

他是镇江人。据说他是复旦大学校友陈望道先生特邀来中文系执教的。我1955年考入复旦大学历史系,有些课程,本系老师没有能力讲授,如马列主义基础、政治经济学、中国文学史、逻辑学等,都由外系老师讲授,给我们讲授中国文学史的,是赵宋庆先生。他给我留下至今难忘的深刻印象。他很瘦弱,留着贝多芬式蓬松的长发,而且似乎从不梳理。据说陈校长曾动员他理发,他的回答令人匪夷所思:"我1949年庆祝新中国诞生,就理过发。"他穿一件灰色长衫,衫上污迹斑斑。他把粉笔放在裤袋里,板书时,身子起码倾斜到四十五度,掏口袋里的粉笔,似乎他的口袋深不见底。他讲文学的起源,从易经八卦讲起,一个星期也没讲完。我听了觉得大长知识,津津有味。但也有一些同学——主要是女同学,很有意见,认为烦琐、枯燥,还反映给历史系领导。课间休息时,他在走廊上抽烟,看学生办的墙报。当时,苏联一颗人造卫星上天,我们欢呼、歌颂。我生在沽剥宋人的一首词,旧瓶装新酒,说人造卫星路过月球,"殷殷把嫦娥惜"。赵先生看了,说此词填得很好,有同学转告我,我当然很高兴。遗憾的是,赵先生上课未满一学期,就因病停讲,以后就再也未见到他的身影。

赵先生是天文、历法专家,他在《复旦学报》上发表的《辨安息日并非日曜》《试论超辰和三建》,我根本读不懂。走笔至此,我想了解赵先生更多的情况,致电毕业于复旦中文系的校友陈四益先生。他住复旦第四教工宿舍①。无床,睡在床垫上,四周摆了不少书,两边都摆了烟缸。问他何故如此? 答曰我这

①我从1961年冬至1978年冬,曾住离第四宿舍不远的第六教工宿舍。这是日本人建造的二层楼房,日本人睡榻榻米,房间狭小。

样边抽烟、边看书,很方便。四益还告诉我,赵先生早年著有通俗天文学《秋之星》,文笔很好。复旦中文系原教授、曾任复旦大学副教务长的鲍正鹄先生,前几年曾告诉四益,赵先生此书应再版,后经联系,由江西二十一世纪出版社重印。赵先生有一女,在京工作,去年逝世,享年七十多岁。又,赵先生因身体不好,回镇江老家休养,并终老于斯。赵先生那样特立独行,在复旦校史上,应当是绝无仅有的;他作为天文历法专家,也随着他的离去,至少在复旦,成了绝响。

(《中老年时报》2015年9月15日"岁月"版)

一个仍具现实意义的史学课题

——吴江《中国封建意识形态研究》读后

　　从学术发展史来看，有些学科常常遭遇来自学科外的挑战，从而有力地推动了这一学科的发展。不必扯得太远，就说20世纪的初叶或前期吧，写小说的作家裴文中、尚钺①进军史学界，对中国古人类学、中国通史都起了促进作用，裴文中更以发现"北京猿人"头盖骨驰名于世，被学术界尊为"北京猿人之父"。也许更为人们熟知的是，轰轰烈烈的中国第一次大革命失败后，文学家、诗人郭沫若亡命日本，本着对胡适为首的"整理国故"派的挑战心情②，深入系统地研究甲骨文、金文，大大推动了先秦史，尤其是殷商史的研究。20世纪40年代后期，经济

――――――――

　　①他们的作品，鲁迅在《中国新文学大系》小说卷的前言中，都曾经提及。

　　②郭沫若在《中国古代社会研究》的序言中，曾说自己研究古文字，目的就在于用此来"打胡适这个狂妄的家伙"。语虽火药味太浓，但足以说明他研究古文字学的目的。

学家王亚南经过五年研究,写成《中国官僚政治研究》,对中国自秦汉迄于民国的官僚政治形态做了深刻的系统分析,成为至今仍有现实意义的史学经典之作。

我有幸拜读由兰州大学出版社付梓的吴江教授的《中国封建意识形态研究》,再一次强烈感受到来自另一学科对史学界的挑战,但这次挑战的不是文学家,而是理论家吴江先生。他比我年长20岁,是学林前辈。我在20世纪50年代负笈复旦大学时,就已经是他的哲学、政论文章的读者了。但是,我曾在一篇文章中公开坦承,余性也愚,既未学好数学,也缺乏思辨能力,因此既未读懂《资本论》,也未读懂黑格尔等大师的哲学著作。因此,虽然我是捧史学饭碗的,但从未系统研究过中国思想史——儒家思想自然是其中很重要的组成部分,也从未认真读完时贤的任何一部思想史著作。对于侯外庐的名著《中国思想通史》,我也仅仅读了第四卷。因此,当1979年初,我调入中国社科院历史所工作不久,即听说胡耀邦在"文革"时,居然去侯外庐家,向他借了一套《中国思想通史》,从头到尾,认真读了一遍,对耀邦如此好学,对思想史如此关注,委实使我大吃一惊。当然,我不系统研究思想史,以及经学史、儒学史等专史,不等于我对这些领域的某些著作,毫无自己的看法。亡友杨廷福教授(1924—1984)曾当面批评我"好臧否人物",当然包括某些人物的著作,这是老大哥的诚恳忠告,但我很可能是常写杂文之故,积习难改,没办法。依愚见,时下包括儒学史在内的某些专史,或烦琐不得要领,读了好久,仍有一头雾水之感;或拾洋人牙慧,"挂个黄瓜当拐棍",虚构所谓的异端思想体系,打着灯笼火把寻寻觅觅,然后煞有介事地宣称在沿海地区、特别是"天堂"江南,甚至在贫穷山区找到了明中叶后即已喷薄而出的资本主义萌芽,并由此断定中国早已有了单独的市民阶层,因而也就必然有了反封建的市民思想。我虽不学,但总算对明清史还下过一点功夫,深知这些说法根本脱离历史实际,所引材料,多半经不起科学检验。

反观吴江先生的这本书,虽然他并非历史学家,研究历史不过是最近二十多年来的余事,但展读此书,确实使我眼睛一亮。亮点在哪?在这里:一、儒家思想派别林立,你中有我,我中有你。头绪多而乱;吴老以哲学家的思辨特长,辨源流,明得失;读来有快刀斩乱麻之感,明快于目,朗然于胸。二、前人曾慨叹"百无一用是书生",其中某些人的文字,为文、治学,始终如钝刀割肉,离肯綮总是"隔三岔五"。吴江先生立论则是深思熟虑,一语中的。凡读过他写的《中午的路——和胡耀邦相处的日子》等书者,当不难得出这一结论。因此,用哲学和政治的眼光看待封建意识形态中的若干问题,往往能独具只眼、一针见血。如吴老说"儒家思想,说到底,就是封建宗法等级思想",说"可见不少今文学家是靠说废话吃饭的",说"所谓'天理',不过是指封建纲常名教的绝对性、永久性和普遍性",说"元、明、清三朝,孔子虽被尊为'至圣先师',但他在实际上已被架空,朱熹成了孔门的'内阁总理'",说李贽是"进入道学殿堂而敢于起来焚烧这座殿堂的第一人",等等,都非惯于笔下喋喋不休的我辈书呆所能道也。

封建意识形态,是盘踞在国人精神领域的一座大山。"文革"去今未远,种种封建法西斯的倒行逆施,我们记忆犹新。历史的悲剧在于,中华人民共和国成立以来,封建意识形态没有认真清算。"四人帮"粉碎后,党中央及邓小平,后来主管意识形态的胡乔木,曾一度很重视批判封建意识形态,特别是封建专制主义残余。我的切身,经历能够证明这一点。1979年夏,胡乔木曾派他的秘书,联系历史所,要求提供一个批判封建专制主义残余的书目,后来这个书目是我开的。不久召开了中国社科院党代会。胡乔木在大会的报告中,仍然强调批判封建专制主义残余的重要性,并肯定了我的文章《"万岁"考》。

但是,随着两日雨、三日风,人们已很难见到报刊上有批判封建专制主义残余的文章了。在一些地方,有些人又把孔子、儒学"抬到吓人的高度"(借用当年鲁迅语),有人甚至建议把《论语》列为整党文献,说"一个仁字就可以治天下"。封建特权思想滋长,皇帝意识、草民意识蔓延。让人感佩的是,吴老以耄耋之年,发扬愚公挖山不止的精神,在其一本旧著的基础上,重新写作这本《中国封建意识形态研究》。这对一个八十五岁的老人来说,能是件轻松的事吗?吴老的治学、战斗精神,堪称学林典范。

先师陈守实教授(1893—1974)是梁启超弟子中唯一精通马列主义的史学家。他很敬重王亚南,推崇《中国官僚政治研究》及《中国经济原论》,甚至拟对《中国官僚政治研究》详加注释,以弥补该书史料之不足,因为王亚南毕竟不是历史学家。惜未果。不才如我,也希望史学界的有识之士,能在吴老这本书的基础上,写出一部煌煌大书来,其学术意义、现实意义,是不言自明的。

　　我用几天时间，认真读了吴老的这本书，情不自禁地写下读后感，无非是想表明我学习本书的认真。是否有佛头着粪之嫌，这就有待读者读完本书后评判了。

（《文汇读书周报》2003年8月22日，
又刊于《北京日报》2003年7月21日）

苍凉巴山蜀水情
——《彭德怀三线岁月》序

　　家兄春才的这本集子,是我建议他以《苍凉巴山蜀水情——彭德怀三线岁月》作为书名的。本来,陈荒煤老人生前就已给本书题签:《我写彭德怀》,这当然是我很早就知道的。家兄为此向一些友人征求意见,权衡再三后,还是采纳了我的建议。

　　苍凉巴山蜀水情——这"苍凉"二字,让人沉郁、压抑。然而,这绝不是我或家兄故意板起脸来无病呻吟,故作悲凉,我们岂能给这段历史涂脂抹粉,装扮笑脸?事实上,本书描写了彭德怀元帅忍辱负重,在"三线"的种种逸事,以及采访知情者过程中的琐闻。而无论是前者还是后者,都记叙了一个特定的历史氛围中,一个真实的彭总再一次放逐到这"血染枝头恨正长"的望帝故都来。呵,产生过多少英雄豪杰、忠臣良将、文星诗仙的巴山蜀水,载负着一代元戎、千古忠良的骨灰,以及关于彭总的辛酸往事,实在过于沉重!山无语,只有奔腾不息的蜀水惊涛拍岸,我们似乎听到了它为彭总痛哭、抗争、咆哮。在艰难岁月里,彭总几乎踏遍巴山蜀水,献出了他对祖国、人民的一片赤子之心。

家兄的这些文章,实际上是追寻了彭总当年的足迹。这是很有历史价值的,让当代及后代的有心人,毋忘曾在人民共和国发生的巨大悲剧,时刻警惕以任何形式出现的历史悲剧的重演;毋忘彭总的铮铮铁骨、高风亮节,他才是大写的中国人! 因此,才兄在繁忙的行政工作之余,挤出了休闲时间,积沙成塔,在写完曾产生过广泛社会影响的《彭德怀在三线》一书后,又完成了这部书,他的精力没有白费。

当然,在21世纪之初,我们应当站在更高的历史高度去看待、思考彭总的悲剧。历史上曾不断上演"一代名将史,千年孤臣泪"。2000年,我在上海、北京的学术讨论会上说,回顾20世纪,如果我们不能在政治文化方面走出龙的阴影,也就是封建专制主义残余的阴影,我们就难以在21世纪阔步前进。我想,21世纪中叶或末叶的读者如果来读才兄的这部书,就会发现,我们的民族曾经迈着多么艰辛、沉重的脚步! 因此,彼时彼地,本书仍然不会失去它的价值。

(《光明日报》2014年2月7日"文荟·大观"版)

乐与友人心海夜航

　　我将这套文丛起名"心海夜航"，并未深思熟虑，只是灵机一动而已。昨晚得闲，插上炉香，听着悠扬的古琴声，闭目寻思这"心海夜航"四字，觉得还挺耐琢磨。心者，思也，我国最古老的诗集《诗经》中《小雅·巧言》那一首，不就吟咏过"他人有心，予忖度之"吗？虽说历代统治者实行愚民政策，总是想钳制、扼杀百姓——特别是士中有识之士的思想。但是，思想辽阔如大海，无边无际，永不停息地在激荡，在奔腾，在咆哮。中国有文字以来的文明史足以证明，有出息的学者、作家无一不是在心海中扬帆远航，中流击水的。加盟本丛书的老、中、青三代作家，自然是概莫能外，或许以杂文鸣于时的牧惠先生、邵燕祥先生，更以思想敏锐为读者所熟知。夜航，同样令人遐想，令人神往。就以近三百年来的史书为例，同样叫《夜航船》的就达三部之多，最有价值的还是明清之际著名文学家、史学家张岱（1597—约1689）所著小百科全书式的《夜航船》。他在此书的序中引一故事，颇耐人寻味："昔有一僧与一士子，同宿夜航船。士子高谈阔论，僧畏慑，拳足而寝。僧听其语有破绽，乃曰：'请问相公，澹台灭明（孔子弟子，澹台是复姓）是一个人，两个人？'士子曰：'是两个人。'僧曰：'这等尧、舜是一个人，两个人？'士子曰：'自然一个人！'僧乃笑曰：'这等说起来，且待小僧伸伸脚。'"这位高谈阔论的知识分子，连起码的历史常识都不具备，却有脸高谈阔论。一旦逮着机会，位居要津，肯定摇身一变，立马就成了大儒、文化名人。谓予不信，就看时下某些红得发紫、到处高谈阔论的"名士"好了，若问此辈澹台灭明是谁？恐怕不是张口结舌，就多半胡说是武侠小说里瞎编的人物，但这丝毫不影响其学而劣则仕，神气活现。加盟本文丛的作家皆饱学之士，我敢担保，倘若那位和尚活在今世，面对这几位是难以伸脚的。

俗话说："三世修来同船渡。"我与本文丛的作家一起心海夜航，是难得的缘分。虽说都是我的友人，但能同舟共渡也并非易事。牧惠、邵燕祥、柳萌三兄，皆年长于我，他们的作品风行海内，自然无须我说多余的话介绍。刘庆林先生虽是老报人，但杂文、散文俱佳，其长篇巨构《倾斜的年轮》更是纪实文学领域揭露"文革"惨祸的优秀作品。伍立杨先生不断有散文佳作问世，享誉文苑，他的古文根基更属难得。前年文学评论家袁良骏兄给我打电话，说："伍立杨的古文很好，大概有七十几岁了吧！"其实他生于1964年。郭梅小姐是加盟本文丛的青年作者。但是，她写的可不是令人难以回味的小女人散文。她是研究中国戏曲史有素的女学究，治学、教学之余，写了不少散文，这次能与她仰慕的几位前辈一起结集问世，她是深感欣慰的。这还是要归结"缘分"二字吧。

2004年1月19日，勾起我许多沉重、无奈的回忆。有的事更是刻骨铭心，令我老泪纵横。

娶妻生子，人生大事也。我妻过校元女士，无锡人，1955年考入复旦大学物理系，与我同届。虽说我读的是历史系，但我们在1956年相识相恋。1958年，她提前毕业，留校工作，参加了研制我国第一台模拟电子计算机的工作。1961年冬，我留校读研究生已经一年。我俩商量多次后，决定结婚。因为结婚后才能拿到户口簿，而有了户口簿便有了副食品供应证，每周可买几块豆腐干、半斤豆芽之类，还另有一些票证。我们的积蓄很少，但为置办必备的家用品，煞费脑筋。我在朔风凛冽中奔波，费了很大劲才凭票购到一张双人铁床、一个热水瓶、一个洗脸盆、一只痰盂。第二年夏天，我妻在第二军医大学办的长海医院生下我们的儿子宇轮。

那年饥馑像瘟疫一样蔓延，我无权无势，无处开后门。校元怀孕期间，营养不良，身体又不好，故儿子出世后，她几乎没有奶水。出院那一天，她哭着对护士长说："我这一点点奶水，怎么能养活这个孩子？"这位瘦高的三十多岁的护士长，含着眼泪叹息着说："是啊，你如果营养跟不上，身体又康复得不好，很可能会断奶的。"她说："这样吧，我去找医生商量一下，看能不能开出证明，就说你因病无奶，你们拿这个证明去找牛奶供应站，按规定是可以订一瓶牛奶的。"也不过十分钟后，护士长微笑着来告诉我们：证明开来了！我们真不知道怎样感谢这位善良的护士长、女军人才好。我妻感动得连连抹着眼泪，而护士长叹息着，一脸无奈地说："这里的产妇很多都没有奶水，我们也不知道该怎么办。这样的证明，我们是很少开的。因为现在牛奶供应非常紧张，多开了牛奶公司会对我们有意见。"我手拿这张薄薄的、四寸见方的卡片，觉得手里沉甸甸的，胜似万两黄金，有了它，我儿子的生命才有保证，我妻才能破涕为笑。

弹指间，三十多年过去了！我那贤惠却又苦命的妻子在"文革"中遭迫害不幸去世，已经三十四年。宇轮儿远渡重洋，在澳洲落籍，也已十六年。不知那位护士长大姐现在在哪里？我非常怀念她……

回首票证浑是梦，都随风雨到心头。不管是众多爱好者热心收藏的，还是我家残存的各种票证，都是穷证——过去国穷民穷的历史见证。所幸噩梦一般的历史早已翻过去好多页，改革开放的现代化大潮从人们的日常生活中冲走了那些大大小小、琐屑难记的票证。真个是：别了，票证。但愿它永远不会卷土重来。年轻的一代及其后代应当懂得历史，知道什么是穷证——贫穷之证，珍惜今天来之不易的改革成果。

2004年2月23日

闲话蛤蟆滩

冬云深处，遥望闪闪发光的珍珠滩，不由俺老牛倒抽一口冷气，思忖着：俺配登陆吗？若说蛤蟆滩，俺曾经不止一次地在那方热土上嬉戏，留下我童年的欢笑、纯真的梦想。有多少次，蛤蟆滩上的小河，弯弯的月亮，踩上去摇摇晃晃的小桥，飞来飞去的蜻蜓，跳来跳去的草婆婆（即绿色的蚱蜢），可与甘蔗媲美的甜芦秫，慢腾腾转悠的牛车……翩然人梦，醒来后，勾起我万缕乡情，真个是"一怀愁绪，几年离索"，感慨久之，不能自已。

故乡的蛤蟆滩，非止一个，相距也不过五里之遥，就有两处。人们又称它蛙子窝，这是有道理的：蛤蟆本来就是蛙的同类。虽说它身材臃肿，且有癞皮，以致江南人直呼它"癞疥婆"，比起一身翠绿、双目炯炯有神的青蛙，确实不啻是丑妇与俊男之别了。为什么叫那两个小村落蛤蟆滩？始于何时？乡土文献不足证，已难于稽考。也许西边的蛤蟆滩，地形像蛤蟆？而东边的蛤蟆滩，村民多半叫它蛙子窝，则是因为这个小村庄上的男性居民，不但脾气火爆、嗓门特大，而且眼睛大又圆，眼珠突出，恰似青蛙状，故一吕姓人家的弟兄，径直叫大蛙子、二蛙子、三蛙子——屈指算来,这三位乡亲最小的也已年过古稀,不才很惦念他们:蛙子老矣,尚能饭否?

这两处蛤蟆滩的一个共同点,就是名不虚传:确有蛤蟆。但是,这里的农舍、小桥、流水、牛车篷等,与别的村舍并无不同,这里的蛤蟆,也并无特别之处。它慢慢地爬着,宛如戏曲舞台上银髯飘拂的官老爷在踱着方步,偶尔用低沉的音调,鸣叫几声,不知道是感叹韶华易逝,还是闲适心情的流露?……此刻,在我的眼前,蛤蟆的身影,在浮动着,浮动着,我也说不出对它是喜欢,还是讨厌?回想童年,它常常是我和小伙伴侮辱的对象,不是折个树枝赶它快点儿爬,就是将它翻过身来,让它四脚朝天,挺着土黄的大肚子,张着大嘴,挣扎着翻过身来。尤有甚者,特别爱淘气的小子,将它偷偷地塞在别人的书包里,吓人家一跳。及长,我终于发现,爱上演这幕小闹剧者,大有人在。

但蛤蟆并不仅仅是个丑八怪、被人捉弄的倒霉蛋。从文化史、掌故学的角度看,区区蛤蟆,却是集大俗大雅、大悲大喜于一身者。真乃斯亦奇矣!

"癞蛤蟆想吃天鹅肉"——这句家喻户晓的民谚,对蛤蟆是贬得不能再贬了。清初作家张南庄还将这点意思写进他的鬼小说《何典》中,该书第一回曾描写道:"鬼囝便放下篙子,蹺起半爿卵子,坐在船头上,一路看那只愤气癞团(按:即蛤蟆),抬头望着天上一群天鹅,正在那里想吃天鹅肉……被一条倒拔蛇衔住不放。鬼囝忙……将拖纷打下。恰正打蛇打在七寸里,早已命尽禄绝……癞团也随风逐浪去了。"其实,滚滚红尘男女事,常随缘分结异果。《水浒传》中的潘金莲与武大郎,若非西门庆第三者插足,就未必不能白头偕老;又矮又丑、武艺平常的矮脚虎王英,与武艺超群、貌似天仙的一丈青扈三娘的成功结合,难道不正似"蛤蟆吃了天鹅肉"? 无怪乎前人曾有吃不到葡萄嫌酸者愤愤不平曰:"世上多少不平事,美妇常伴丑夫眠。""癞蛤蟆"又怎的?"时来白铁生金"嘛! 不服气也只能是白搭。大概在动物王国里,癞蛤蟆就属于卖炊饼的武大那样的角色,"唯有一个穷字了得",故在古人的诗歌中,常与穷书生为伍。如元末明初的绍兴诗人张宪《咏穷博士》诗云:"五日张京兆,犹能故杀人。一年穷博士,不救归装贫。深冬未衣絮,坐席长凝尘。愁吟苍蝇叫,怒作蛤蟆嗔。冷拔豆秸火,倦卧黄茅茵……"蛤蟆一怒又如何? 不过是连苍蝇也吓不走的几声哀鸣而已。不难想见,博士混到这个份上,窘困之状,可谓惨矣!

难道蛤蟆就一直沦落风尘,喘息于泥途? 不,"好风伴我上青云"。传说有朝一日,它一个筋斗翻到天上,成了月宫里的蟾,从此风光无限,什么蟾兔、蟾光、蟾宫、蟾阙、蟾轮、蟾魄之类,成了月光、月亮的代名词,蛤蟆无须再吃天鹅肉,它终日与天仙嫦娥待在一起,享不尽的艳福,这是何等的殊荣,何等的快乐! 以致在漫长的科举时代,士子把博取功名的理想,比喻成到月宫里折一枝桂花。不过鄙意以为,恐怕他们折桂花是假,想恨不得化为蟾与嫦娥相伴,才是真正的动机。无怪乎《红楼梦》中聪明绝顶的林黛玉小姐,一听说她的宝哥哥要上学去,就笑道:"好! 这一去,可是要蟾宫折桂了!"我看林妹妹显然是话中有话的。

但是,林妹妹再聪明,也赶不上千古奇才苏东坡啊! 他老先生在《水调歌头》中冷冷地说道："明月几时有,把酒问青天。不知天上宫阙,今夕是何年。我欲乘风归去,又恐琼楼玉宇,高处不胜寒。起舞弄清影,何似在人间。"在"高处不胜寒"的月宫里过着大喜大雅日子的蟾,毕竟是虚无缥缈的神话,在现实世界里,它毕竟是个蛤蟆。常言道,"人怕出名猪怕壮",蛤蟆何尝又不是如此? 三百多年前,它忽的出了大名,被在南京的南明弘光小朝廷的皇帝朱由崧看中了,这可倒了八辈子邪霉! 原来,在江南残山剩水间苟且残喘的朱由崧,仍昏昏然,"不知今夕是何年",酗酒纵欲,大吃春药,导致火毒上攻,牙痛难忍,房事时"望门纳降"。请来吴县的江湖郎中给他治病,开出以蟾酥为主药的春药方。所谓蟾酥,是将蛤蟆耳后腺及皮肤腺分泌的白色浆液取出后,阴干而成。其时已是秋天,朱由崧下令到处捕蟾,捉到一只,就贴上"皇上用,人不可犯"的黄纸,简直令人笑掉大牙。次年端午节,他更下令:"敕京师民夫觅蟾两万只开剥,务要日内押收大内取酥。"可怜这两万只蛤蟆,一个个眼睁睁遥望家乡蛤蟆滩,"血污游魂归不得"。朱由崧从此也就人称"蛤蟆天子",成了腐败的化身,被钉在历史的耻辱柱上。无怪乎词曲泰斗吴梅在《霜厓曲录》中,痛斥这个弘光皇帝是"金盆狗屎"!

不过,话又得说回来,民间也有杀蛤蟆的恶习。究其因,除了卖给中药铺制药外,还有些人认为蛤蟆去头后煮熟,汤肉皆能治风湿病。民国初年绘制的《童谣大观》中,载有广东的《杀蛤蟆》童谣:"打巴掌,做粑粑,家婆烧水杀蛤蟆。蛤蟆跳,家婆笑;蛤蟆走,家婆吼。吼—吼—吼!"显然,小孩子是不忍心杀蛤蟆的,纯真的童心,是多么可贵!

我曾仔细观察过蛤蟆,它太土气,太不起眼;脸无表情,又似乎有点儿大智若愚的哲学家在沉思的劲头,让人莫测其高深。也许正是这种模糊性,被人看中,给它涂上特殊政治色彩,用以制造轰动效应。据《唐书·黄巢传》记载,黄巢等造反时,就曾广泛流传"金色蛤蟆争怒眼,翻却曹州天下反"的预言。这是最典型的例证。你想,物以稀为奇,居然冒出了个金色的蛤蟆,还怒睁双眼,这还不足以在愚昧落后的古代乡村蛊惑人心吗?

今天,我们当然不需要"争怒眼"的"金色蛤蟆"。愿年年"稻花声里说丰年,听取蛙声一片";须知,此起彼伏、传遍千里的蛙声中,也包括同样吃害虫、保护农作物的蛤蟆的低吟。如果连已故大作家柳青在《创业史》中描写的穷庄子"蛤蟆滩"的农家,也发家致富,过上小康的日子,墙上贴着传统年画《刘海戏金蟾》,您说,那该多美!

1996年11月25日于老牛堂

戒烟记

　　自古而今,吸烟者与日俱增,中国患此特种"相思"病者,大概少说也有两亿人,不能不说是一个惊人的数字。

　　说来惭愧,我虽然写过《明清之际吸烟状》,了解吸烟的历史以及烟草中尼古丁对人体的危害,但仍然当过二十多年的烟民。1961年开始抽时,我妻过校元女士对此极力反对,说有百害而无一利。但我不听劝阻,说我只抽好的,不抽差的,每次只抽半支,绝对不会上瘾。但是,不出两个月,我渐渐上瘾,从半支到一支,从一支到数支。回首往事,我倍感沉痛的是:当时我们斗室一间,晚上校元及我们的儿子宇轮入睡后,我读书、写作,吸烟不止,毒化了室内空气,使他们母子被动吸烟,损害了他们的健康。我的工资是四十四元五角,后来加到六十五元五角,每月吸烟要花去十元左右,对于家庭来说,不能不说是沉重的负担。倘不抽烟,将这笔钱用来增加他们母子的营养,岂不更好?1970年冬,校元不幸去世。就抽烟而论,深为她所厌恶,但我却未能"改恶从善",实在是愧对亡妻了。

　　"四人帮"被粉碎后,我赶紧夜以继日地读书、写作,力争将失去的锦绣年华补回来。《论八旗子弟》这篇发表后很有社会影响的学术论文,就是我熬了一个通宵写出来的,右手执笔,左手拿烟,一根接一根,差不多抽掉了两包烟。自60年代我吸烟后,支气管炎越来越重,一到冬天更常常咳嗽不止。1979年春天,我在参加纪念五四运动60周年学术讨论会后,随与会代表登长城,爬上烽火台后,塞外的寒风扑面而来,支气管炎顿时发作,几乎气都喘不过来。我挣扎着下山,服了不少药,调理了好多天才渐渐康复。吸烟对我健康的戕害,于此不难想见。

从20世纪60年代到80年代,我难道就没有想到过戒烟吗?不,不仅想到,而且付诸行动,起码戒过三次烟。少则一星期,多则一个月,甚至将近半年。喝过戒烟茶,吃过戒烟糖及瓜子、糖果之类的代用品,但终未奏效。而且戒了较长时间后又抽上,比原来抽得更多。有位烟友嘲笑我说:"你能把烟戒了,除非狗不吃屎!"我不禁暗暗问自己:难道我真的"他生未卜此生休",抽烟一直抽到"呜呼哀哉,尚飨"吗?

然而,曾几何时,狗仍在吃屎,我却把烟戒了!而且非常彻底。倘说客观原因,自然有一些。1984年春天,我至沪探望"文革"中患难之交、老学长杨廷福教授。他身患肺癌,在医院的床榻上艰于呼吸,拉着我的手,哭着说:"王兄,我们不是一般朋友,是患难之交啊,你看我在这里苟延残喘……"我听罢泪如雨下,失声痛哭起来。不久,这位著名的唐律、玄奘专家就与世长辞了。他的肺癌肯定与他被打成右派后,减少了工资,只好长期吸劣质烟有关。每当夜深人静,我常常想起廷福兄与我诀别时的情景。人生自古谁无死?但像他那样在学术上正如日中天时死去，而且还死得那样痛苦，不能不使我悚然而惧。1985
年年底，我因心脏不适住院治疗，医生微笑着对我说："您看您，
还要抽烟吗？"我顿有所悟，当即掏出袋中的香烟，交给儿子宇
轮，从此结束了我的抽烟史。出院后，我谢绝了任何人向我敬
烟，两个月后，我就十分讨厌烟味了。回顾往昔二十多年的抽
烟、戒烟史，自己不觉哑然失笑。什么"抽惯了，不抽烟写不出
文章"，纯属废话。我戒烟后，不是文章照写、书照出吗？年年
冬天折腾我的支气管炎，更是不治而愈。"丈夫志，当景盛，耻疏
闲。"一个男子汉，倘有一点儿大丈夫气概，没有戒不了烟的。
"老子再也不抽了！"当时我就是这么想的。什么戒烟糖、戒烟
茶，在我看来，全是瞎掰。

　　读史明志。我希望瘾君子们读了不才的这篇吸烟、戒烟小
史，能够像我十几年前那样，痛卜决心，告别抽烟，不再害特种
"相思"病，并能在彻底戒掉烟瘾后，跟我一样自豪地说："你看，
狗还在吃屎，咱可是把烟戒成了。"不亦快哉！您说呢？

2004 年 6 月 7 日

忆吴江老人

　　我在已故吴江先生的名字后面,加上老人二字,是区别于同名者——有二位还颇有名气,免生误会。吴老1917年生于浙江上虞,长我二十岁,是位德高望重的老前辈。虽然我读大学时,已拜读过他的哲学文章及理论专著,但在京中与他交往,第一次去他家拜访,已年过花甲,交往到年过古稀,但吴老待我,就像对待年轻人一样。有次我谈完事告辞,他从皮夹里掏出五十元,硬要塞给我,说今天家中的车开出去了,不能送我,让我打的用,被我婉拒了。吴老待包括我在内的朋友,厚道、热忱。一次他坚持留我在他家中吃午饭,请我喝茅台酒,我喝了二两。他很高兴,说:"我老了,不再喝白酒,我还有两瓶茅台酒,都送你吧!其中一瓶是三十年茅台酒,十几年前,是三千元一瓶,时价已值万元。"他同时还送我两瓶XO洋酒。我却之不恭,只好满载而归。这些酒,至今还摆在我家酒柜上,是吴老友情、关爱后辈的见证。一次广东友人送给吴老几筐鲜荔枝,吴老特地让其子开车,送一筐给我。我女儿凡凡读小学时,一次星期天,见我要出门,问我去哪儿。我说去探望一位老先生,她说也要去。我便带她一起去吴老家。吴老家不仅居室宽敞，而且摆设很多，除花草外，他喜石，收藏了很多奇石、古砖。陈列架上，琳琅满目。他的书房地板上，有一方巨型端砚，砚上嵌有黄金雕成的金佛，并雕有其友人季羡林先生亲笔用梵文写的一行字及签名。吴老笑着跟我说，我老了，玩玩这些石头、古物、工艺品，权当休息。漫画大师华君武是吴老的同乡，当年一起去延安，投奔革命，乡情、友情交织，画了一本册页赠吴老，美不胜收。凡凡进了吴老家，东张西望，走来走去，欢天喜地，还跟吴老夫人邱晴同志聊天。邱老曾任中国人民银行常务副行长、香港光大集团董事长，是位小八路起家的老革命。她为人随和、慈爱。凡凡跟我说："吴爷爷家太好玩了，晚上我不回家了，就住这里。"邱老说："好的，你住这儿。"小孩子天真烂漫，我岂能打扰二老，坚决把她带回家了。大概是缘分吧，凡凡有时惦记吴老。有次吴老因病住院治疗，我买了鲜花，带了凡凡去医院探望。凡凡向吴老献了花，说祝吴爷爷早日康复，活到一百岁。吴老很高兴，但也责怪我，说这是病房，空气很不好，怎么把凡凡也带来？小孩子抵抗力弱。凡凡连声说，没事的，没事的。此后，吴老对凡凡更关心了，常在电话中问起凡凡学习、健康状况。去年夏天，凡凡高中毕业，考取了北京第二外国语学院，此时吴老已生命垂危，但脑子却很清醒。我托吴老的长女，一定要把这个消息告诉吴老，我想吴老听了，一定会感到欣慰。遗憾的是，医生规定，除个别家人外，不让其他亲友探望，以致在吴老临终前，我未能见上一面，这使我感到遗憾终生。

其实，作为一位思想家、哲学家，吴老对他的行将离世，早有预感。去世前的一年内,他赠我的书,都写上留念二字。他去年在中央编译出版社出版的随笔集,赠我时在扉页上写道:"这恐怕是我出版的最后一本书了,送你留着纪念。"他在晚年,自称居士。家人为了让老爷子高兴,陪他晚上打麻将,他输了,却常常赖账,邱晴夫人说他是"无赖居士"。一次吴老在电话中与我聊天,说到这里,禁不住自己也哈哈大笑起来。吴老与书法家沈鹏、冯其庸、陈铁健诸先生,是很好的朋友,但他自己的宝楷,说句实话,很一般。但他九十岁那年,却破例写了一幅条幅送我:"英雄到老尽归佛,唯有神仙不读书。"去年春天,他还寄了一本《金刚经》给我。佛学深似海。我以为,吴老对生命之无常,早已大彻大悟,他一定是含笑而逝的。

吴老腰脊有病,晚年艰于行走。但在九十高龄时,走了五层楼,到寒舍看我,我感到很不安。吴老虽已离世,我常常想起他艰难走五层楼梯的身影,无边的思念,在我心中涌起。吴老,也许您早已在佛爷身边拈花微笑吧!

2013年7月23日于西什库

再忆吴江老人

近日我刚写了一篇《忆吴江老人》,已寄沪报待刊。但纸短情长,意犹未尽,谨再忆有关吴江老人(1917—2012)的一些往事,以纪念这位我很敬重的老前辈。

吴老行事果决,爱憎分明。他是胡耀邦同志的挚友,对耀邦一往情深。他后来专程去了江西鄱阳湖口的耀邦墓拜谒,感慨万千,回京后,写了一篇散文,感慨自有声势,而又不失深沉婉约。我曾对吴老说,此文健笔凌云,有资格选入《今文观止》。后来我去庐山开会,跟庐山管理局一位江苏老乡要了一辆小车,下山直趋耀邦墓拜谒。此处原为耀邦生前一直关怀的"共青农场"的制高点,名叫"富阳山"的一个小山包,后来耀邦夫人李昭大姐说,耀邦毕生希望中华民族富强起来,建议改名为"富华山",共青农场接受了这个建议。四面八方的百姓,闻讯纷纷赶来,从设计到建材,都是自告奋勇,风雨兼程,日夜施工,未花国家一分钱。耀邦墓建成后,墓园四周树林上,飞来上百只白鹭,早上飞往鄱阳湖觅食,傍晚北负夕阳,飞回树林,与耀邦墓相守,朝朝暮暮,年复一年,成了耀邦墓一道充满诗情画意的风景线。心灵常不灭,夜夜照湖口。耀邦的伟大人格,感天动地,激起人无限遐想。吴老谒耀邦墓的那篇散文,当属现代散文史上的经典。

吴老对郭沫若先生很崇敬,80年代曾主编了一本维护郭老学术声誉的书,在中央党校出版社出版。有次我与好友宋史专家王曾瑜先生一起去拜访吴老,王曾瑜说起郭老在"文革"中跟风,"四人帮"粉碎后写的《水调歌头》词中,竟说"四人帮""迫害红太阳",太不可取。吴老听了颇不悦。事后,还跟我打电话,说"王曾瑜对郭老不尊重,今后不要再带他来我家"。对此,我很不以为然,但又不好说什么;他爱郭老,人各有志嘛。

吴老度过抗日战争、解放战争的艰苦岁月,历经新中国成立后严酷的政治斗争沧桑,晚年仍著述不辍,以九十五岁高龄辞世,他无论作为一位政治家,还是作为一位学者,在同龄人中,都是罕见的。这与他重视养生有关。我曾向他讨教长寿之道,他告我:每天吃几瓣大蒜,但要切片,晾一刻钟再吃。每夜睡前,用手在小腹上按顺时针方向按摩二百下,再按逆时针方向按摩二百下,保护前列腺。并告诫我,一定要持之以恒。可是我酷爱音乐,常常是在莫扎特的钢琴或阿炳的《二泉映月》声中睡着的。吴老金针度人,传我长寿的不二法门,我终究未能入门,实感汗颜。借用友人高莽老哥的一句话说,我不过是"凑合活着吧"。唉!又,高莽最近在电话中说"我除了不害妇女病,一身是病"。呵呵。

2013年8月1日于西什库雨窗下

附录

吴江先生小传

吴江（1917—2012）浙江诸暨人。1937年加入中国共产党并参加工作。从20世纪50年代开始从事理论研究工作，著有《中国资本主义经济改造问题》《认识论十讲》《历史辩证法论集》《哲学问题二十讲》《中国封建意识形态研究》《十年的路——与胡耀邦相处的日子》《文史杂论》《社会主义前途与马克思主义的命运》《冷石斋随笔》《马克思主义是一门大史学》等书。

我有幸在吴江先生晚年，结识他，并成为至交。他待人热情、诚恳、谦和。我有次带女儿凡凡去看望吴老夫人邱晴先生（中国人民银行原副行长，行政八级），凡凡当时还是小学生，吴老家房舍宽大，种有花草，挂有书画，书架上摆设不少奇石，看得她眼花缭乱，说吴爷爷家太好玩了，晚上不肯回家，要住在吴家。吴老、邱老都说行，让她住这里。我怕影响二老休息，坚决把凡凡带回家。吴老年过九十时，身体不适，住在人民医院病房治疗。我闻信，买了鲜花，带了凡凡去医院探望。凡凡向吴老献花，祝他早日康复，活到一百岁。我还补充一句，上不封顶！吴老笑逐颜开，但也批评我，不应当把凡凡带到病房来，她还小，这里的空气有很多细菌。他出院后，常常打电话，问起凡凡学习情况。他勉励我，既搞学问，就不要做中家，做大家。我送了他研究明史拙著，及几本杂文集后，他都高度评价，劝我出史学全集、杂文全集，这对我是鼓励，也是鞭策，更使我难忘的是，他有腰疾，却爬了五层楼，来寒舍看我，我深感不安。他看了王元化先生送我的字，称赞不已。

　　吴老晚年把一座小的金佛，请匠人将其嵌入大的端砚中，并请季羡林先生，用梵文写了一行颂佛文字，雕于砚上，真是佛光闪闪，熠熠生辉。他还用毛笔在宣纸上写了大字联语赠我："人生到老尽归佛，唯有神仙不读书。"（按：据其哲嗣告我，这是孙传芳大帅写的联语。）吴老临终时，神志清醒，关照家人，他的书房三年内保持原样。他的骨灰撒入故乡塘江。但夫人邱晴老人不同意。他便改口，将骨灰放在山明水秀的庙中。后来家人都照办了。如此看来，吴老晚年自称居士，皈依佛门，是十分虔诚的。我深知佛门无边，水深浪阔，吴老深得佛门堂奥，是我辈俗人，难以企及的。

2017年元月2日于丰台看丹公寓1706室
时正雪后，阳光明媚，心中常念"阿弥陀佛"

忆李凌学长

　　李凌(1924—2015)同志并非我的同窗,他毕业于西南联合大学历史系,我毕业于复旦大学历史系。但是,他年长我十三岁,更重要的是,他英语很好,精通史学、哲学、经济学、文学,还是位写作高手。因此,虽然我很自负,但在李凌面前甘拜下风,写信、赠书时,都恭恭敬敬称他为学长。令我汗颜的是,他给我写信、赠书时,竟也称我为学长,其为人之谦和,令我感动。

　　1977年春,我在上海师大全校大会上,由党委书记季梅先同志宣读上海公安局给我的平反决定。不久,我在《文汇报》上发表《株连九族考》,开始对"四人帮"的历史清算。1979年春,我奉调至中国社会科学院历史研究所,从事研究工作。我爬梳古今史料,历时半年,用杂文笔调,写成三千多字的论文《"万岁"考》,投给我院内刊《未定稿》,而此时该刊因原主编林韦(原《人民日报》理论部主任)病倒,李凌继任主编,院领导主管该刊的是副院长、兼党中央中办副主任的邓力群同志。编辑是王小强、王晓鲁。李凌、王小强接到我的来稿后,迅速看了,非常高兴。小强立即打来电话,说:"你有七十多岁了吧?"我说:"我今年四十二岁。"他说："你的文章《'万岁'考》，从古到今，引了那么多史料，你读的书真多！"《未定稿》很快刊出此文，是1979年的第34期，我的结论是："万岁"本来的词意，一是欢呼，形同俄语中的乌拉。二是，死，"万岁后"即死后。但到"汉武帝时，承受儒家被皇帝定于一尊，'万岁'也被儒家定于皇帝一人，让它成为最高封建统治者的代名词"。此文的尖锐性是一望而知的，李凌兄曾到我居住的陋室"土地庙"告我，"文章反响很大，各省社联的简报，几乎都转载了，你有空可来编辑部翻翻"。从此我们成了好友。我能喝二两白酒，老李也好这口，但酒量也不大。他有时从食堂打了饭菜来我处边饮边聊。从交谈中得知，1957年，他在《空军报》任政治组组长，理论部主任，大尉军衔。老李气愤地说："真是斯文扫地啊！完全是污辱我的人格！""睡觉时，只能赤膊，冬天冷得要死，也是如此。"最严重的是，在三年困难期间，他差点饿死。幸亏他在西南联大地下党的好友王汉斌（时任北京市委副秘书长）对他施以援手，经向市委书记刘任同志请示，将他调到北京通县麦庄公社，担任农业干事。老李曾跟我说，他几乎全部时间都住在农村，跟农民同吃同住。农民淳朴，待他很好。但小孩往往在炕上一边吃饭，一边拉屎，农民立刻把狗唤来，把小孩屁眼舔干净，继续吃饭。老李笑着说，我习惯了，见怪不怪，饭照吃不误。有次他端了一个饭盒来找我，说："请你吃肉。"随即揭开饭盒，全是红烧大块肥肉。我笑着说："不敢领教。"他说："你没吃过我那样的苦啊！1962年，我做梦都想吃大肥肉啊！"

后来，李凌兄担任中国社科出版社副总编。他帮我出版了一本书，及我推荐的好友顾诚教授的《明末农民战争史》，后者是学术名著。

十几年前，我从方庄迁居市中心的西什库大街，离李凌兄家毛家湾很近，我常去看他。他中风后，不良于行，仍由保姆扶着，爬了五层楼梯，到寒舍来看我，这让我很感动。后来，他耳聋，只能笔谈。令我感叹的是，他仍著述不辍，涉及党史、国际工运史、抗美援朝等等。真是烈士暮年，壮心不已。他是学人的楷模。

2016年5月28日

太息柳老不吹绵

——悼柳萌大哥

6月26日，散文家、出版家柳萌先生不幸辞世。他是我的挚友，噩耗传来，不胜哀痛。

我认识柳萌不算太久，但也已十九年了。人生苦短，能有几个十九年。从认识他并成为至交，推心置腹，无话不谈，情同手足，实在是弥足珍贵。

我清楚地记得第一次见柳萌，是1998年2月10号，我应邀去新华社会议厅参加《生活时报》召集的文化名人座谈会。与会者有于光远、牧惠、李国文、舒展、何西来、董乐山、叶楠、雷抒雁、肖复兴、叶廷芳、童道明、何镇邦、陈四益等，柳萌兄也在座。他戴宽边黑色眼镜，笑容可掬，长相有点像基辛格。大家都很高兴，彼此交换了名片。这年岁次是戊寅，虎年。于光远老人第一个发言，虽简短，却耐人寻味："老虎如失去野性，拔掉牙，就不是老虎。我属兔，但常做老虎梦！"会后，我跟柳萌说："别说整个大中国了，就说文坛吧，我看属虎的太少，属兔子的太多，尽是软骨虫！"柳萌深以为然。

过了一段时间,柳萌给我打来电话,说:"我是柳萌大哥。上次在《生活时报》座谈会上见过面的。"我说:"是的。您仅比我大两岁,自称大哥。"他笑着说:"哪怕比你大两天,也是大哥嘛!"我立刻感到,他是位性情中人,便说:"这倒不假,我以后就叫您柳大哥。"他呵呵大笑,说:"老弟真是爽快人!"

　　柳大哥是个直来直去的人,主张"有话说,有屁放",曾跟我说,"不让我骂人,我做不到!"但世事波谲云诡,弯弯曲曲,曲曲弯弯,一味行直道,必然碰壁。1955年的"反胡风运动",当时柳萌还是天津的一名文艺青年,说好听一点,青年作家,就被整肃过一次,所幸相关头人大概是姑且念其少不更事,没有砸掉他的饭碗。但1956年的大鸣大放,他却未能看出大神讲话多猫腻,后面就是万丈坑。当时,我正在复旦历史系求学,校党委书记杨西光在全校大会上做报告,动员鸣放,我坐在教学大楼1237教室听报告,发现中文系一位同学在课桌上写下一行字:大风吃得旗头转,当心闷棍背后藏!后来有人报告给杨西光,杨还在全校大会上批评这位同学,是不相信党云云,所幸并未找出这位同学,把他打成右派。柳萌难逃厄运,上了"五七登科录",发配到黑龙江劳动改造,吃尽苦头,方摘掉帽子。但当时流行摘帽右派云云,仍然低人一等。他当时孤身一人,经人介绍,才与一位大龄女音乐老师结了婚,总算有个家。这位柳嫂晚年幻听,给柳萌带来不少麻烦,后病倒,离他而去。我闻信赶到柳宅,柳大哥见我,顿时痛哭失声说,我们是患难夫妻啊,我落难时,她嫁给我的,我没照顾好她呀!其实,柳大哥对这位老嫂子一直很照顾。我亲眼看到,吃饭时,他给她装饭,夹菜,真是相敬如宾。柳兄还常把孙女柳月叫来陪她。柳月秀气、乖巧，老两口视掌上明珠，我也很喜欢她。

柳大哥为人仗义，对朋友视如兄弟。他是《小说选刊》的编委。前几年，经读者投票，选出贾平凹先生是最受欢迎的小说家，作家出版社决定在庐山举行颁奖活动，并邀请几位著名作家同往，柳大哥推荐我，得以同行。到庐山后，他忙于招待客人，还特意跟我打招呼，说事多，对我照顾不周，尚望包涵。其实，我非常感谢柳大哥这次邀我上庐山。我跟庐山管理处负责人——一位江苏老乡，要了一辆小车，直奔山下，来到鄱阳湖口，拜谒真正的中国人民的儿子、中国共产党的良心胡耀邦的坟墓，受到深刻的教育。陵墓从设计到施工，全是各省工程人员自发前来，自备器材，没花国家一分钱。耀邦人格，感人如此。返京后，我写了一篇散文抒怀。我很感谢柳萌大哥促成此行。

愿柳萌大哥安息。在我的心目中，他永远是一株虽饱经风霜，霜欺雪压，却屹立不倒的老柳树。他永远活在我辈文友心中。

2017年7月3日傍晚于老牛堂

（《今晚报》2017年7月16日副刊）

犹记沦落阶下时

　　自古以来,世人就感叹"雪中送炭少,锦上添花多"。1970年我被"四人帮"控制的上海公检法军管会戴上"现行反革命分子"帽子,监督劳动;至"四人帮"垮台,上海市公安局于1977年4月,发文给我平反。我在屈辱中度过漫漫长夜。沦落阶下之后,方知情谊无价。

　　我从1970年11月在上海师大被工宣队在全校师生大会上宣布隔离审查。次年4月,给我扣上"反革命"的黑帽,允许我回家。我已半年多没回家,实际上家已名存实亡。妻子受我牵连,被隔离审查后,不堪重压,自杀身亡。我一脸晦气,在瑞金三路街上,遇到友人黄时成先生。他一把拉住我,说:"王兄,你受苦了! 别走,到我家去。"我被他的真诚感动,去了他家。他毕业于北京政法学院,精通法律,英文甚好,口才尤佳;因故被排斥于司法界之外,在中学教语文。他还未成家,晚上,坚持留我同榻而卧。他告知我一些政治消息,坚信我将来一定能平反,并语重心长地说:"你高学历,又是文章高手,将来平反后,一定是学界名人。到时别忘了今夜与小弟抵足而眠。"我郑重地说:"时成,将来平反后,我一定视你如亲兄弟。"

皇天不负有心人,不信东风换不回。我重获自由后,发表的第一篇文章,是1977年6月写的《究竟谁是牛金星》,刊于《解放日报》。

时成读了此文后,给我来电说:"此文不仅正本清源,还朱××之流本来面目,事实上也为小弟与项群(现定居澳洲)出了口恶气。我俩都曾因与工总司的小丁、老范有往来而被整,老项还坐了几年提篮桥监狱,罪名就是'工人背后的黑手',完全是'莫须有'。"

此后,我们时相往来,其妻张玉珍女士还到寒舍帮我洗被缝衣,真是情同手足。1979年初,我被调入中国社科院历史所。但我常回上海探亲,返沪必去探望时成夫妇。时成厨艺大进,烹制酱鸭,风味绝佳。我俩小酌几杯,其乐融融。

1981年秋,我在沪拜望他。他精神不济,说身体欠佳,我建议他速看医生。但他坚持走了一段长路,把我送到汽车站。谁能料到,半个月后他即因患骨癌去世。从此天壤永隔。每一思及,痛失患难之交,心痛不已。呜呼!时成老弟,如有来世,愿我们仍是至交。

(《今晚报》2015年7月28日)

喜爱学林谱新声

近来夏日炎炎，我在书斋"老牛堂"（王元化先生题匾）中拜读《文汇报》著名编辑、记者亡友施宣圆先生（2016年谢世）的大著《我与学林名家》，顿有清风徐来之感。

其实，宣圆与我有同门之谊，乃学弟也。我1960年毕业于复旦大学历史系，毕业后留校，攻读明清史专业，师从梁任公高足陈守实教授，参加中国古代史教研组活动。宣圆于1960年由福建考入复旦历史系就读。五年后毕业，其间，我与他并不相识。

我在上海生活过十八年，"文革"中因"炮轰张春桥"及其御用写作组，1970年被打倒，戴上"现行反革命分子"帽子，监督劳动，达七年之久，直到毛泽东去世，"四人帮"被粉碎，我在上海师大全校大会上，宣布平反，重新拿起笔，活跃于文史两界。记不清是哪一天，宣圆来寒舍看我，甚亲切，有一见如故之感。从此来往不辍。"文革"中，几乎所有的单位都分成两派，《文汇报》也不例外。郭某，也毕业于复旦历史系，在《文汇报》工作。1969年初冬，他别有用心地写了一份简报，点了我的同事马洪林和我的名，对我俩的片言只语，无限上纲。紧接着是"一打三反"运动，我被打倒。令人大惑不解的是，郭某1978年一次在会上碰到我，说"我们在'文革'中互相残杀"！笑话！明明是他残害我们，我们何尝残害他？我将此话告诉宣圆，他轻蔑地说，"岂有此理！"有时我去报社看宣圆，他用眼神示意我，郭某就在不远处坐着，要我说话小声点。奇怪的是，此人后来一路高升，成了沪上出版界的要人。这在北京，是不可能的事。上海是"四人帮"的老巢，怪事不少。

《我与学林名家》写了学林一百零五人，笔者有幸在内。其中一大半名家，我都认识，师友中的老前辈，如蔡尚思师、谭其骧师、金庸先生等，我都写过文章，发表在报刊上。因此，读此书倍感亲切。去年，我整整花了一年时间，把周谷城、蔡尚思、贾植芳、王元化、何满子、吴江、邵燕祥等先生写给我的信，编成《名家信函》，交由作家出版社影印出版（我为诸名家分别写了小传），可惜宣圆老弟看不到此书了，思来不禁怆然久之。

2017年6月月17日中午于老牛堂

又是晚饭花开时

寒舍地近北海公园。每当夕阳在山，一些人家做晚饭时，我到北海散步，途经北大妇幼医院，铁栅栏内无数盛开的红色草茉莉——俗名晚饭花，便映入眼帘，心生欢喜，勾起我童年住在三家村的记忆。

我出身贫农家庭，家中上无片瓦，下无寸土，靠佃种他人土地生活。1945年，我家佃了今建湖县高作镇西孙姓地主的五亩地，并租了孙五爷家的三间土屋，住了下来。邻居共三户人家，两户姓孙，是堂兄弟，一户姓吕，是地地道道的三家村。

那时我虚龄八岁，读陈吕小学三年级。放学后，做完作业，便在外玩耍。晚饭后也是这样，但玩伴太少，能玩到一起的是孙文柱大爷(民兵，已故)家的女儿。大女儿比我还大六岁，小名小宛子，大名凤华，通常都叫小名。她性格爽朗，会讲一些民间故事，说些地方民谚。她的母亲孙大妈，是苏州乡下人，识字，能看、唱石印小唱本《韩湘子出家》《拔兰花》之类。小宛子那点文学才华，显然是其母熏陶的结果。她讲的童养媳受虐待的凄惨故事，至今我记忆犹新。……不幸的是，童养媳的嫂待她也不好。回娘家后，离开时，哥嫂问她还回来否？她说："爹娘在时常来走，爹娘不在，一去不回头！"当时我听了，心中倍感凄凉。

小宛子的妹妹小名小格子，大名凤章。她比我大两岁，性格开朗，皮肤白净，牙齿雪白，伶牙俐齿，爱说笑话。我很喜欢她，她也喜欢我，我俩曾在灶间扮夫妻游戏。其实，小小年纪懂个啥？不过是胡闹罢了。我还记得当时对她说："小格子，做我新娘子同意吗？"她连声说："同意！同意！"去年春天，我返乡扫墓，特地去拜访她，虽然她已是老妪，有了重孙，我跟她聊天时说起此事，她不禁哈哈大笑。

在三家村，我上了陈吕小学，小格子与我同学，但她初小毕业就辍学务农。在三家村，我见证了抗战胜利，作为抗日儿童团区委宣传委员，我分外高兴。1946年，我在这里，也见证了国民党挑起内战，每天晚上，国民党的飞机从高空飞过，运兵抢占东北。我们从地面上看到的似乎是一盏灯在天空移动。

1945年底，我家搬到邻村大西庄。我怀着恋恋不舍的心情，特别是对小格子的眷恋，告别三家村。岁月不居，光阴如白驹过隙，弹指间七十年过去了！我与孙家姐妹均老矣。年老常怀旧，难忘三家村。晚饭老在我的眼前晃动着，童年的情景不时再现。孙家老姐妹，作为儿时的玩伴，我深深祝福你们！

（《建湖日报》2015年11月10日）

郑板桥与阿娇

　　每当我听到作曲家李海鹰写的《弯弯的月亮》，几多惆怅，几多忧伤，便会涌上心头。在月明星稀的静夜里，我在北海公园、什刹海散步时，轻轻地哼着这首歌，仰望天上的月儿，古人、童年、故乡、儿时的伙伴，美丽、纯真的阿娇，像溅着浪花的春潮，在我的眼前涌动着……

　　清中叶的大画家、诗人郑板桥，对下层百姓，包括他家的佃户、用人，都怀有深厚的同情心，对于儿时的伙伴，颇为眷恋；他写过一首《赠王一姐》的词，感人至深，抄录如下：

　　　　竹马相过日，还记汝云鬟覆颈，胭脂点额。阿母扶携翁负背，幻作儿郎妆饰。小则小寸心怜惜。放学归来犹未晚，向红楼存问春消息，问我索画眉笔。

　　　　廿年湖海长为客，都付与风吹梦杳，雨荒云隔。今日重逢深院里，一种温存犹昔，添多少周旋形迹。回首当年娇小态，但片言微忤容颜赤，只此意最难得！

您看，词中的王一姐，不正是郑板桥心目中一个活脱脱的阿娇吗？遥想当年，她天真烂漫，"阿母扶携翁负背"，母亲、爷爷百般疼爱，还送她上私塾，散学归来，蹦蹦跳跳，向郑板桥撒娇，讨画眉笔，不小心一句话惹恼了她，立刻噘着小嘴，满脸通红。这是一个多么惹人怜爱的阿娇——小孩子啊！可是，童年一别，郑板桥在一座深院里重逢王一姐，她已是一位循规蹈矩的少妇，"回首当年娇小态"，只能是"都付与风吹梦杳"，"我的心充满惆怅"了！

　　在近代作家的笔下，回忆骑竹马时的阿娇——玩伴中的女童，不乏其人。那份纯情，那份伤感，使我想起了自己的童年。遥忆儿时，因为太顽皮，曾先后栽到河里，跌进粪坑，差点小命呜呼，因此没有小女孩喜欢跟我一起玩。细想起来，村庄上及邻村的女童，也没有一个能与王一姐相比。但有两位小女孩，仍给我留下深刻印象。一位叫宝翠，读小学二年级时，她与我同班。她的智力不算太高，有时考试不及格。不知她听了谁的馊主意，放学时，将每一个同学的砚台，用舌头舔一遍，把残墨都吃下去。然而她的成绩并未提高。还有一位女孩叫立英，五官清秀，嗓音甜美，她唱的民歌、小调，悦耳动人，受到全乡父老的赞赏。她读书的小学，离我家有三里地。我有次特地去看她，没想到见面后，她笑了，脸一红，扭头就走。她的羞怯神态，至今如在眼前。立英在20世纪60年代病逝。每一思及，令我惆怅不已。

《中老年时报》2015年12月15日）

人是地行仙

"人是地行仙"——这是《红楼梦》中聪敏绝顶的林黛玉小姐说的一句话,形容人是天涯客,南来北往,无所不在。当然形容归形容,是不能较真的,按照神话所述,或民间传说,神仙腾云驾雾,千万里顷刻至,让凡人奇煞,羡煞。即以林黛玉而论,她生来单薄,弱不禁风,后来还不幸害上肺病。但当她从江南坐船往北京,投靠外祖母贾母时,颇费时日,船中生活单调、乏味,一路风尘仆仆,相当辛苦。因此,"人是地行仙"云云,对于古代交通落后,出行多半要艰辛备尝的旅行者来说,不啻是个醒来了无痕的梦想。

黛玉是古人,离开我们已经二百多年了。今人——也许至少像我这样年过花甲的半老者,谁又没尝过因交通不便而带来的苦涩滋味?童年乡居,僻处盐城海隅,从记事起,就常常听到母亲不时感叹若"在家千日好,出门一时难"。1937年秋天,我在苏州出世还不到半年,日寇进攻上海后,轰炸苏州。母亲只好抱着我,随着难民队伍,逃亡江北,投靠外祖母。民船小而破旧,挤满了人,敌机轰炸时大家只好躲到芦苇丛中,担惊受

094

怕。过盐城大纵湖时，又有土匪滋扰，人人自危……种种逃亡路上的艰难险阻，是今人难以想象的。

战争年代是如此，和平年代又怎样呢？1954年夏天，我因病去南京鼓楼医院就诊，才头一回坐上长途公共汽车。当时盐城通往镇江的公路高低不平，沿途更有不少老式拱形水泥桥，汽车爬上去，爬下来，一路颠簸，大起大落，一会儿将心提上去，一会儿将心落下来，非常难受。车上有位淮剧演员，起先还逗乐，喊着"大快活""小快活"，到后来甚觉苦不堪言，只有呻吟着了，这是夜车。虽然当时我正当青春年少，但通宵仍被颠簸得疲惫不堪。

也还是20世纪50年代我的切身经历。1955年夏天，我从南通考上大学后，坐小火轮，经过差不多两天一夜的航行，回到建湖县城，已是下午四点多。离我在农村的家还有二十五里，但不通汽车，也无船可坐，只好背着行李，步行回家。不想天黑后，下起了大雨，我顿时成了落汤鸡。在漆黑的泥泞小路上艰难跋涉，不时跌倒，半夜时分，小心翼翼地走过一座摇摇晃晃的木桥，摸到舅父家，才长长地舒了一口气。这次夜行穿过坟场时那种阴森、恐怖的气氛，也给我留下了终生难忘的印象。

不亦快哉！改革开放以来，尤其近几年来，随着国民经济的蒸蒸日上，我国的交通事业，有了巨大的发展。譬如说，我多次去过香港，也去过台湾，早上从北京出发，下午或晚上就到了。我去遥远的澳大利亚墨尔本探亲，在一百多年前，如坐帆船要几个月，现在坐飞机，上午从北京家中出发，次日清晨也就到了。再说，从林黛玉小姐生活过的扬州、苏州来北京，如从硕放机场或南京机场坐飞机，也不过一个半小时，这是黛玉那一代人难以想象的。而我的故乡盐城市，不仅公路网四通八达，国道贯穿其中，铁路通往全国，而且早已有了民航机场。我从建湖县回故里，公共汽车、出租车，川流不息，人在车上坐，车在绿中行。故乡的美景尽收眼底。再也不需要迈动双脚，冒雨夜行了，再也不受坐车颠簸劳累之苦了！真个是神鹏展千万里，天雨花，灿若霞。

（《盐城晚报》2015年12月26日）

老残后裔

《老残游记》我先后在50年代、80年代读过两遍,爱不释手。50年代前期,我一度听胡厚宣讲甲骨文,钻研甲骨学,读过《铁云藏龟》。1988年秋,我的同事索介然先生(在历史所编译室工作,精通日语)与我友善,有天对我说:我明天上午去白云观看望刘鹗后人,你有兴趣,可同往。次日同去,见刘鹗之孙,中年男子,面目清秀,甚谦和。其女约二十岁,美女也,一再请我们吃午饭,我和老索婉辞。一别多年,不知刘氏父女仍住白云观宿舍否? 老索也已谢世多年,思之不禁怅然。

2016年7月5日记

说酒文化

研究酒文化,包括汾酒的历史,必须具有历史的眼光,懂得中国历史的特点,历史的大趋势。

中国封建社会上的经济,是以一家一户为单位、分散的、封闭的自然经济。农民耕作之余,及婚丧嫁娶,需要饮酒,是再自然不过的事。但承受着酒在民间的风行,封建王朝认为必须对酒课税,以增加国家的财政收入。当然,也有节约粮食、提倡淳朴民风的因素。周代曾一度严厉禁酒。汉朝初年,萧何制定律令,"三人以上无故群饮酒,罚金四两"。汉武帝天汉三年初,开始征酒税,后又废除。但按律令办事,卖酒一升,纳四钱税。演变到明代,用清初思想家、历史学家顾炎武的话说,"至今代,则既不榷缗,而亦无禁令,民间遂以酒为日用之需,比于饔飧之不可缺,若水之流,滔滔皆是,而厚生正德之论,莫有起而持之者矣。"[1]我在拙著《明朝酒文化》序言更明确指出:"纵观明代,作为封建王朝的中央政府,对于酒的总政策,究竟是什么呢?从

----

[1]《日知录》卷二十八《酒禁》。

根本上说,是放任自流。"①因此,民间小作坊生产的酒,及农家自行酿造的米酒,遍地皆是,寡酒、淡酒及奸商制作的劣质酒,甚至毒酒,也就应运而生。当时汾酒的制作、销售,也不可能游离于这个大背景之外。

在明代,山西的酒,口碑很好。明中叶学者,以《五杂俎》名世的谢肇淛,说"山西襄陵酒:甚洌"②。明清之际的学者宋起凤,踪迹几乎半天下,评点南北之酒,历历如数家珍。他认为,山西的酒,太原出产的品种最多,代州酒很好,味醇,清芬溢齿颊,深受塞下人士欢迎,山西酒中当推此酒为第一。③这里所说的襄陵酒、代州酒,都应当属于汾酒系列。

到了近代,承受着现代化企业的诞生,汾酒的生产,成功转型,生产蒸蒸日上,今日已成酒王国中的泱泱大国。我以为,该厂经营,走大众消费的路子,价廉物美,非常正确,多数百姓,谁喝得起茅台、五粮液?承受着廉政建设的深入人心,公款消费被制止,前述酒销售大减,而汾酒却蒸蒸日上,"酒在功夫外",可喜可贺。

2015年4月24日中午于京华老牛堂

---

①《明朝酒文化》先在台湾三民书局出版,后由广东人民出版社再版。
②《五杂俎》卷十一。
③宋起凤:《稗说》.《明史资料丛刊》第二辑。

明朝官场吃喝风考略

　　明朝官场吃喝风中的第一号名人,当推建国初期的左丞相胡惟庸。此公不仅经常拉拢一帮子权贵在家中酣饮,而且挖空心思,把十几只猴子训练得能打躬作揖,跳舞吹笛,宴客时,就让它们端茶斟酒,并雅称为"孙慧郎"。而比起胡惟庸来,嘉靖时的权相严嵩,则更为荒唐离奇,他和其子严世蕃,不仅生活奢豪,连尿壶都是金、银制成,日享珍馐百味。而且每当贪赃受贿满百万两,就大肆请客以示庆祝。严嵩垮台后,从他家抄出的金酒杯、酒盂、酒缸的重量,即不下一万七千余两。

　　胡惟庸、严嵩,近年来史学界对其评价有争议,但多数人仍认定他们是历史上的反面人物。而万历初的名相张居正,近年来则声价倍增,公认是明代最杰出的改革家。但正是这位张居正,在大刮吃喝风方面,并不比胡惟庸、严嵩逊色。他的父亲病逝,奉旨归葬时,沿途都有特派的厨师伺候,上等佳肴"过百品","犹以为无下箸处"。饱食思淫乐。他因姬妾众多,大吃补药。名将戚继光投其所好,献给他不少海狗肾,致使"终以热发","竟以此病亡"。

上梁不正下梁歪。权臣如此讲究吃喝，下属官吏怎不竞相效尤？如宣德三年（1428），御史严皑、方鼎、何杰等，就因"沉湎酒色"被宣宗命令枷号示众。次年，宣宗又指出，"近闻大小官……沉酗终日，怠废政事"。嘉靖时，有个姓袁的松江郡守，不务正业，经常跑到城东的袁姓同年家中去痛饮，以致百姓哄传"东袁载酒西袁醉，摘尽枇杷一树金"。

明代官吏及富家巨室的食品，不仅搜求四方之佳物，如时人谢肇淛所记述的那样："穷山之珍，竭水之错，南方之蛎房，北方之熊掌，东海之鳆炙，西域之马奶，真昔人所谓富有小四海者，一筵之费，竭中家之产不能办也。"有的宦官、大吏，搜奇猎珍，所食之物简直出乎人们的想象。有个宦官吃的米，"香滑有膏"，异于常品。产于何处？原来，"其米生于鹧鸪尾，每尾只二粒，取出放去，来岁仍可取也"。而南京的宦官秦力强喜食胎衣，驸马都尉赵辉食女人月经，南京国子祭酒刘俊喜食蚯蚓等等行为。匪夷所思，令人作呕。

吃喝风的盛行，必然进一步助长送礼、走后门的歪风。万历时，南京周晖在除夕前一天外出访客，至内桥，见中城兵马司前手捧食品盒的人，挤满了道路，以致交通堵塞。他很奇怪，一打听，才知道："此中城各大家至兵马处送节物也。"当然，对于位居要津的权贵们来说，食品盒又何足道哉。万历中某侍郎收到辽东都督李如松送的人参，竟"重十六斤，形似小儿"，如此奇珍，该又价值多少！《金瓶梅》描写清河县提刑千户西门庆，为了跟蔡、宋二御史拉关系，请他俩赴宴，一桌酒席竟"费勾千两金银"，堪称是明代官场贪嗜好食、挥金如土的典型写照。

不难想见,吃喝风的盛行,必然导致政风的腐败。你想,明代官俸最薄,如自掏腰包,那样大吃大喝,他们早破产了!再者,成天琢磨吃喝,醺醺然,昏昏然,还有多少精力认真从政?而有的封疆大吏,为了讨好皇帝,在吃的上面大做文章,更使政风日颓。如弘治时的丘浚,任礼部尚书兼文渊阁大学士,本来政绩不错,却也未能免俗,费尽心机地制成一种饼,托宦官献给孝宗,但制法却又保密,致使孝宗食后大喜,下令尚膳监仿制,司膳者做不出,俱被责。对此,连当时的宦官都看不惯,说:"以饮食……进上取宠……非宰相事也!"

不能认为,明朝有作为的政治家对上述官场的吃喝风都熟视无睹。朱元璋就曾经一度禁酒,下令农民"无得种糯,以塞造酒之源"。宣宗朱瞻基鉴于"郎官御史酗酒相继败",专门发布了《酒谕》,指出如果"耽嗜于酒,大者亡国丧身,小者败德废事"。而著名的清官况钟(1383—1442)在江南的告示中曾一再抨击奢侈,禁止酗酒。但是,所有这些,都收效甚微。至明中叶后,官场的吃喝风更愈演愈烈。

固然,这是封建社会的本质所决定的:每一个王朝,到了中叶,随着封建经济的繁荣,封建特权的加大,地主阶级的消费欲便日趋膨胀,消费幅度惊人地增长,直至激化各种社会矛盾,以王朝的崩溃而告终,明朝当然也绝不会例外。但我们仔细观察,则又不难发现,明朝的有关政策互相矛盾,以及无连续性,不能不是未能制止官场吃喝风的重要原因。如朱元璋一方面禁酒,一方面又在南京先后建起十六座酒楼,在楼上或宴请百官,或招待"四方之商贾",并用官妓侑酒。而以酒而论,纵观整个明代根本上就是实行的放任自流政策。在这样的政治背景下,要刹住官场的吃喝风,当然是不可能真正奏效的。

(《中老年时报》2016年6月13日)

中国古代的监察制度与权力牵制

　　监察是跟权力同步产生的，监察是为监督权力而产生的。为什么这么说？从理论上讲，任何事物的发展都是对立统一的发展。马克思曾经讲过，只要有一种思想存在，就必然有另一种与它相对立的思想产生。

登闻鼓、诽木：监察为监督权力而产生

　　原始社会初期，人们没有什么剩余产品，也不可能有私有的观念。到了原始社会后期，形成了很多部落，部落酋长开始拥有支配权。有可能利用权力把一部分东西据为己有：于是，如何制止据为己有的思想及其相应措施也随之产生。

　　清代乾嘉学者写了很多文章来考证明堂的作用。史学大师顾颉刚先生认为，明堂就是原始部落酋长开会的会议厅，在明堂里可以议事，哪一个酋长做了损公肥私的事，就可以对他提出批评。后来，在明堂内放置一面鼓，称为"登闻鼓"。人们对哪个酋长有意见，认为哪件事情处理不公，都可以到明堂去击鼓，请大家来进行评议。登闻鼓发展到后来，成了县衙门口

的大鼓，一直沿用到明清。

除了登闻鼓以外，更值得我们回味的是华表，在天安门前，有两座华表，很多人都不知道它是干什么用的。其实，华表的来历很早，古代称之为"诽木""谤木"。就是在众人议事的地方竖一块木头，木头上放一块横板，上面可以写字，比如，对某人有意见，国家应该如何治理……实际上，华表最早就是起监察作用的。秦汉以后，华表从议事的地方被搬到宫廷里，它的监察作用也就消失了。到宋以后，华表又被搬到宫廷外面，一直沿袭至今。

秦汉时期：既监察百官，又监督皇帝

夏商周三代的监察权力建制还处于雏形阶段。到了战国时期，规定要对高官(包括丞相)的权力进行监督。丞相如果纳贿受金，他的手下人要被处以死刑；一般老百姓贪污黄金一镒(二十两)，虽不处死刑但要受处罚。从中可以看出，丞相严重贪污不处死刑，而是让别人代过，反映出儒家根深蒂固的政治观念，"刑不上大夫，礼不下庶人"。战国时的《法经》已经深深刻上了"打苍蝇，不打老虎"的政治烙印，这对后代有很深远的影响。

中国的监察制度要到秦统一中国后才比较健全。秦朝从中央到地方建立了一个监察网，这对抑制官吏腐败起到了约束作用，中国古代监察制度，概括而言，就是台谏制度。所谓"台"就是御史台，"谏"就是谏官，御史是监察百官的，谏官是对皇帝进言的。在中央，正御史大夫纠察弹劾百官，下面还有御史中丞、侍御史等等；在地方，县令既是地方行政的"一把手"，同时又行使监察权；从秦朝来看，监察权和行政权还是纠缠在一起，没有从行政系统中独立出来。

汉承秦制，御史制度得到加强。御史在汉代最高可至副丞相，地位相当特殊，在汉代，御史权力甚至超过丞相。

汉代监察制度的重要之处就是建立了刺史制度：刺史不同于一般的御史，他只做监察官，虽然官俸只有约六百石，却可以弹劾官俸两千石郡守。这里需要说明的是，中国历史上以小制大、以内制外，都是皇权制度下进行监察操作的重要原则；中国历史上，从秦汉到明清，御史基本上都不超过七品。但是，他们却可以监督六部，甚至对皇帝进行进谏。

无论是御史，还是刺史，都是监察别人的，他们的权力如何制约？"纠视刑狱，整肃朝仪"，就是对司法机构本身的权力加以监察，减少司法腐败。其他的措施还包括提倡并实施监察人员互纠、所有官员皆有权对监察机构及官员进行举奏弹劾等等。这些措施，对维持监察机构的纯洁性，与其他机构保持均衡有序的状态，以及对维持整个国家机器正常运转显然是有利的。

监察制度在汉代已基本定型。在以后的漫长历史发展中有所增减，名称也经常有变化。

"封驳"制度：可以驳回或涂改圣旨

我国魏晋南北朝时期形成了三省制，就是将国家政务机构分成三个部门：中书省、门下省、尚书省。三省各有分工，"中书主受命,门下主封驳,尚书主施行"。这里值得一提的是"封驳"制度,这在世界监察史上都独具特色。皇帝下诏书,门下省如果认为不妥。可以封驳,也就是把皇帝下的命令挡回去。历史上,唐朝的封驳最有成效,在李世民、武则天执政时期尤为成功。封驳不仅可以封驳诏书,甚至可以涂改诏书,这充分体现了唐朝社会开放、包容的时代特点。

唐宣宗时,任命大将军李燧为岭南节度使的诏书已经下发,给事中(给事中为官职)萧放认为这份诏书不能下达,并列举了种种理由。当时,唐宣宗正在欣赏演奏,听了萧放的话,也觉得任命不合适,当即叫人骑快马追回诏书。类似的例子,历史上并不鲜见:宣宗初年李藩担任给事中,发现诏书有不妥之处,便在诏书末端批上意见退还。

随着封建社会不断发展。监察制度也不断完善:明清以后,《监官遵守条款》《监纪九款》,甚至《监司互相监督法》等规定,都十分具体。

谏官制度:为监督皇帝而设的一项制度

谏官也称为言官,职责是"讽议左右,以匡君失",主要是对皇帝进行讽议。明朝张居正编著的《帝鉴图说》,就起到了谏官作用,以古讽今。

从官制的设置来说,秦朝开始设谏大夫,东汉称为谏议大夫。唐代谏官制度最为完备,出现了多位勇于向皇帝进谏并起到一定作用的著名谏官。

《贞观政要》记述了唐太宗在贞观年间与魏徵和其他人的

对话,实际上就是进谏的一种记录。很多中肯的建议都被唐太宗李世民吸取了,比如,减轻农民负担,减少征伐,因此唐朝经济才能发展。魏徵死后,唐太宗开始膨胀,攻打高丽,结果损失惨重,给国家财政造成严重危机。后来,他感叹说,魏徵要是在世,我怎会做这样的事!可见魏徵等人对他的进谏确实起了作用。

宋代著名清官包拯曾先后做过御史、枢密副使等官。常常起到谏官的作用。历史记载,一次包拯对宋仁宗的一项任命不满,便反复进谏,由于距离近,喷了宋仁宗一脸唾沫星,宋仁宗不但没有发脾气,还接纳了他的意见,收回了成命。今天看来,这实属不易。

纵观历史,中国古代监察制度形成的权力牵制,对于打击腐败起到了重要作用。然而,我国古代的监察制度毕竟还是人治的产物,其反腐功效依赖于"明君政治"。从历史经验来看,要想实现真正的权力制衡,还需要探索如何有效地监督各级单位的"一把手",这一问题值得我们认真研究。

(《京华文苑·史鉴》)

四野茫茫夜未央
——夜访商鞅故里

　　仲春时节，我应邀来内黄县，参加一年一度盛大的祭祀中华民族人文祖先二帝（颛顼、帝喾）陵盛大庆典活动。忙碌完毕，已是深夜十一时。承蒙安阳市文联主席张坚先生雅意，陪我驱车访问商鞅故里。

　　只要有点中国历史常识的人，大概都会知道我国先秦时期杰出的政治家、改革家商鞅（约前390—338）。他本姓公孙，名鞅，出生在卫国一个没落的贵族家庭，故又称卫鞅。后来他去秦国创业，说服秦孝公变法，立了大功，被秦孝公封于商（今陕西商县），从此商鞅之名，声闻天下。商鞅变法是中国封建社会早期最重要的政治、经济改革。其根本内容，要言之，主要是：奖励生产、重赏战士；限制贵族权力，废除以奴隶主封建贵族特权为核心的世卿制度，也就是世袭制度；开阡陌，实行土地可以自由买卖政策；令民户五家为保，十家相连；有奸人互相告发，不告发的腰斩。这些重大改革措施，有力地推动了秦国社会生产的发展，在短短十年中，秦国便飞跃地发展起来。

但是，"一个忠臣九族殃"。商鞅这位为秦王国立下盖世功勋的改革家，最后的结局却是十分悲惨的。自古以来，只要是大刀阔斧的改革，必然要得罪上层权贵。太史公司马迁说"商君相秦十年，宗室贵戚多怨望者"。事实上，这正是商鞅的难能可贵之处。太子犯法，商鞅坚决主张惩处；但考虑到他是秦王的接班人，不可施刑，便刑其师傅大贵族公子虔，后来还将同样处于高位的公孙贾割掉鼻子，以示对太子的惩戒。但是，中国古代所有的政治改革，都是在某一帝王支持下，自上而下，脱离人民群众，用中央集权强行推行的改革。如果该帝王死了，或翻脸，改革形势便迅速逆转。商鞅是最早倒下去的典型。秦孝公健在时，他威风凛凛，每次出门，都有几十辆军车、全副武装的士兵保卫，反对派绝不敢下手。但是，历代帝王，虽然个个想"万寿无疆"，不过是白日梦而已，公元前338年，秦孝公死，太子驷——商鞅的政治死敌接位，成了秦惠王，立刻一巴掌将商鞅打下去。公子虔及八年不出门的公孙贾一伙，罗织罪名，诬陷商鞅"谋反"，逮捕后，将他用"车裂"，也就是用五马分尸的酷刑处死，并灭了他的家族。

商鞅的故里，在今内黄县梁庄镇大城村。这里原名帝丘，从公元前629年起，一直是卫国的国都，长达四百多年。两千多年的历史沧桑，当年的繁华早已随风而逝，而今的帝丘，沦为一个普通的村庄。当我们一行抵达村口，大城村静静地沉睡在黑暗中，只有夜风带着春寒，阵阵吹过。在车子前车灯的光束下，残存的当年帝丘的土城墙依稀可辨，文物管理部门立的碑石，像哨兵监守在村口。我在城墙及挡沙墙中踟蹰，遥想两千多年前,商鞅曾在这里度过寂寞的童年,苦学法家之术的少年,及郁郁不得志的数年青春岁月;联想继承其改革传统,同样下场悲惨的桑弘羊、杨炎、张居正等改革家的命运,不禁感慨万千。而商鞅的惨痛结局,更使人倍感在君权主宰下改革历程的艰难困苦。当人们知道商鞅死得那样惨,并被灭族,怎能不为之扼腕难平!难怪20世纪90年代,当素有"铁面柔情"之称的朱镕基总理,在首都剧场看了话剧《商鞅》后,要泪流满面了。一部中国改革史,就是一部悲壮历程史。也许历史的庄严、肃穆、凝重正体观在这里……

从商鞅故里归来,四野茫茫夜未央。我躺在宾馆的床上,难以入眠,历史的潮水,仍在我的脑中翻滚。商鞅死后,有很长一段时间,人们不愿提起他,他的"作法自毙",更成了被讥笑的话柄:商鞅逃亡时,没人敢收留他,说商君立法连保,如不向官府告发,当被腰斩,使商鞅仰天长叹,走投无路。但是,只要是金子,终究要发光,哪怕其身上有血污,沉埋到沙里、土里。从晋代以后,世人越来越认识到商鞅改革的巨大历史功绩。在大清王朝风雨飘摇的1902年,有识之士在《新民丛报》上著文说:"夫作法自毙,人莫不为商君惜,然实无可惜也。作法自毙者多,其国必强,作法自毙者少,其国必弱。"这是何等深刻的历史洞察力!事实上,古代改革家也好,当代改革家也好,如果作法只毙他人,从未想到自己及家属、部下、党羽,如果犯法了,也自毙,那么不管改革的言词如何动听,改革的成效肯定要大打折扣,举步维艰,国家也很难如泰山屹立。这是商鞅用他及家族的生命、鲜血换来的经验教训,愿世人尤其是为政者能有所悟,那么商鞅的血便没有白流。

返京途中,我常常想起夜访商鞅故里的情景。我坚信,商鞅变法后那血腥的一页,毕竟永远地翻过去了。当此文行将结束时,我抬头仰望窗外,天空蔚蓝,白云朵朵,"玉垒浮云变古今",历史不会回头!

(《湖北日报》2003年7月18日,
又刊于《人民日报》等)

"钻家"

　　近日整理文坛名家来函,读出版家、学者戴文葆(1923—2008)学长1999年9月18日来信,说到他在香山饭店参加国家图书奖评奖会(他是评委),"虽公然做'恶人'亦不能阻止浊流冲进,奈何! 我脾气不好,参与这种事,至少折寿两年。死了也罢,'专家'也者,也上市场混了,学术无地可容"。语极沉痛,读之喟然。戴老又补笔曰:"还有什么'专家','专'什么? 有些'钻'家不好对付。台面上的'钻家'越来越多了。"这"钻家"二字,真乃一语中的,掷地有声。环顾文苑、学界,有的人已是专家,却到处钻营,大肆敛财;有的人到央视作秀,背诵烂古文,妄图博取国学大师美名,其丑态令人作呕;有的人卖友求荣,陷友坐牢七年,老母投长江自尽,遗体不知漂流何处。正是:

　　　　阿猫阿狗动地来,
　　　　细察专家难释怀。
　　　　蝇营狗苟名与利,
　　　　堪笑钻家尽歪才!

乙未端午前夕于牛屋

怪哉，弼马温

　　看过《西游记》第四回的人都记得，武曲星君启奏："天宫里各宫各殿，各方各处，都有不少官，只是御马监缺个正堂管事。"玉皇大帝便传旨："就叫他做个'弼马温'吧。"于是美猴王孙悟空便欢欢喜喜地去御马监赴任，当"弼马温"这个官去了。《西游记》虽是神话小说，但涉及人物的官职，都是采用明朝的官制，并非向壁虚构。但明朝管御马的机构，叫太仆寺，始设于洪武四年（1371）三月，正职叫太仆寺卿，副职叫少卿"正堂管事"。理应叫太仆寺卿，猴王当叫孙太仆才是，为什么却叫"弼马温"？别说是明朝，其他任何一个王朝的官制里，都没有"弼马温"这个官的。历来研究、注释《西游记》的学者，都没有把这个问题解释清楚。近读台湾历史学家、掌故家苏同炳先生《"弼马温"释义》（见《长河拾贝》，百花文艺出版社1998年版）文，才恍然大悟。他说："明人赵南星所撰文集中，曾有这么一段话，说：'《马经》言，马厩畜母猴辟马瘟疫，逐月有天癸流草上，马食之永无疾病矣，《西游记》之所本。'"原来母猴每月来的月经，流到马的草料上，马吃了，就可以辟马瘟。没想到母猴月经竟有如此功效！显然，"弼马温"不过是辟马瘟的谐音而已。这里，《西游记》的作者吴承恩，顺手牵羊，给雄性的孙猴子按上这么一个怪头衔，无疑是幽上一默。但是，在他的笔下，"弼马温"居然是出自玉皇大帝的圣旨，这不但对于天上的皇帝，而且对地上的也就是人间的皇帝，难道不是一个绝妙的讽刺吗？他们的统治术，不是瞒，就是骗。玉皇大帝让猴王当"弼马温"，是瞒和骗的一例而已。

《马经》不见于《四库全书》目录及《丛书综录》《说郛》目录，不知此书尚存天地间否？赵南星（1550—1627）文集名《赵忠毅公文集》，国内无存，藏于美国国会图书馆。台湾有胶卷翻印本，苏同炳先生读后，写成文章，使我们得以知道了"弼马温"的真相，不亦快哉！

（《教师报》2003年7月16日7版，
又刊于《羊城晚报》同年9月1日）

文虾

中央电视台播出的《走向共和》,李鸿章的形象甚高大,俨然是慷慨悲歌、壮怀激烈者。当年的李鸿章,是如何评价自己的?这应当是饶有趣味的问题。据记载,他自称"文虾"。什么意思?原来清朝的宫廷侍卫,在满族的话中叫作"虾",这是保卫皇帝的最忠实的奴才,都是从皇亲国戚中选拔,入选者都被视为莫大的荣宠,清初著名词人纳兰性德(成容若)因其父明珠在康熙中叶官武英殿大学士,所以他也当了侍卫。其实,明珠在顺治年间,也是侍卫,可见一登"虾门",则身价百倍。《红楼梦》里的秦可卿死后,与她关系暧昧的公公贾珍,为了把丧事办得风光,特地通过太监来走后门,替其子贾蓉——也就是可卿之夫,买了个"龙禁尉"的头衔,即"虾"也。李鸿章出身翰林,是文官,原与"虾"扯不上边,但是,他组织淮军,镇压太平军、捻军,不遗余力,可谓为清王朝效尽犬马之劳,他自称"文虾",堪称是绝妙的自画像。

用今天的话说,李鸿章虽为翰林,但确实曾把脑袋别在裤腰带上,从刀箭丛中,在枪林弹雨里杀出了声威。据赵凤昌撰

《惜阴堂笔记》载，李鸿章早年在故乡办团练时，持刀上阵，身先士卒。有次战败，饿极，入一民居，无人，但锅内有热饭，遂手持饭铲，连连铲饭送入口中，狼吞虎咽起来。后来，其难兄难弟回忆说："此时但见赫赫之中堂地位尊贵，岂知当时有此狼狈光景？"在上海郊区虹桥与太平军的殊死战中，李鸿章也是在第一线亲执桴鼓督战，此战淮军大胜。事后有人还提醒他："大人身为主帅，当以持重为先，不可轻冒锋镝。"可见李鸿章确实是道道地地的"文虾"。

也许是长期的戎马生涯，养成了李鸿章的"丘八作风"，他在位居要津，甚至是位极人臣之后，仍然骂骂咧咧，相当粗俗。据《清朝野史大观》卷八载，李鸿章对于部下，如果喜欢谁，就说："贼你的娘，好好地搞！"被他骂过的属吏，"无不喜形于色"，真是岂有此理。

《中国小通史》总序

　　作为一个中国人,要不要懂点中国历史?按常识说,答案应当是明摆着的。我在少年时代就爱好文史,成年后,更在名牌大学专攻历史近九年,比抗日战争的时间还要长一些,当然熟悉中外圣贤强调历史重要性的经典言论。但是,那些教导,都不及20世纪80年代初,一个早春的夜晚,我在扬州听一位老前辈的一席话,对我震撼之深。他叫孙达伍,30年代毕业于大夏大学,后入党,抗日战争时期曾任江苏建阳县(今建湖县)民主政权的文教科长,解放战争时期曾率领全县民工大队支援淮海战役。我读小学时就知道这位乡贤的名字。我在扬州夜访他时,他担任扬州师范学院党委书记。谈起历史,他神情严肃地说:"一个人如果不懂点历史,还能叫人吗?!"请不要以为这是孙老的极而言之,似乎太情绪化。仔细想来,假如一个人连父亲、祖父的来龙去脉——也就是家族史中的现代史都一无所知,他能够珍惜祖辈、父辈的荣誉或他们的教训吗?大而言之,如果一个人对自己的国家、民族的历史一无所知,肯定是个愚民,在一定条件下,很有可能干出有损于国家、民族尊严的勾当,或其荒唐行径令人难以容忍。

岁月不居,达伍老先生已谢世多年。近几年来,我碰到几件事,使我又一再想起他的话。前年春天,有关机构及新闻界曾经做了一番调查,发现当今的很多青少年,对历史知识的无知,已经达到了令人惊诧的地步。多家媒体报道后,引起教育界、史学界的震惊。我本人当即接受《文汇读书周报》的采访,谈了我的看法。多年来,我身居书斋,与教育界几乎没有往来,对青少年的现状,所知甚少。但是,从我家这些年请的几个小保姆来看,多半是初中生,难为她们还知道中国有个毛泽东,但都不知道中国还有周恩来、朱德,遑论他人。我爱人曾感叹地说,这是新一代愚民。

前年夏天,冯小宁导演的弘扬爱国主义电影《紫日》在天津放映,当小学生看到日本法西斯用刺刀捅中国母亲时,他们竟然哄堂大笑起来。这使冯小宁感到悲愤莫名,我看了多家报纸报道后,深感悲哀。在孩子们的幼小心灵里,怎么一点民族是非感、善恶感也没有?去年夏天,我更切身经历了让我感到更悲哀、乃至于十分愤怒的一幕:当时我住方庄小区,居委会放映《紫日》,请居民看。我也去了。看到前述令人惨不忍睹、惊心动魄的镜头时,我身后的四个二十岁左右的青年,三男一女,竟然放声大笑!我的灵魂为之战栗。这四位的灵魂居然麻木不仁到如此地步!倘若他们稍有一点历史知识,知道日本法西斯在我国曾经犯下的滔天罪行,怎么会笑得起来?当然,正如我在电话中与上海的学林前辈王元化先生交谈时,他指出的那样,这不仅仅是对历史的无知,更是人性的迷失。但是,身为史学工作者,不能不使我更迫切地感到普及历史知识的重要性。否则,会有更多的青年,像上述那四个人一样,让人有理由怀疑他们"还能叫人吗"。

这套《中国小通史》,正是向青少年普及中国历史知识的读本。我想,即使不是青少年,文史爱好者也不妨读一读本丛书。比起洋洋几百万字的皇皇大著中国通史,本丛书每册只有十万字左右,共八册,加在一起,也只有八九十万字,故称小通史。而且更重要的在于本书不是史话,更不是时下泛滥成灾、肯定后患无穷的戏说历史,而是严肃、严谨的通史著作,只是尽可能简明、通俗罢了。各册的作者,都是断代史的专家、学者,本丛书堪称是专家写的普及读物。我不敢保证每册的文字都能如行云流水,文采斐然;但我敢保证,每位作者都紧紧把握住历史脉络,将断代史的主要内容,高度浓缩,交代得明明白白,一览无余,史实准确。读者读的是信史。每册的最后一章,都是同一历史时期的世界各国概况,如果读者能读完全书,就会清楚地看到,我们的大中国,怎样由屹立于世界的强国而走向衰弱,直至最终天朝崩溃——清朝垮台。你想,17世纪时西方已经开始工业革命,机器轰鸣,而我们的"中华古国",仍在让年轻人死背"四书""五经",学者皓首穷经,在古书堆的草木虫鱼中,寻寻觅觅,孜孜以求,耗尽青春年华,耗尽生命。结果怎么样?西方列强坐着军舰,打着大炮,放着洋枪,杀过来了!还在做着儒家复古梦、唱着"敬天法祖"老调子的天朝,怎能不一败涂地?落后就要挨打。我们的老祖宗是怎样从先进一步步走向落后的?看了本丛书就清楚了。

感谢金盾出版社的领导主动、热心、认真地出版这套小通史。事实上，出版这套《中国小通史》，目的正是为了让青少年在思想上树立起一块金色盾牌，抵御有害于国家、民族的种种非理性、反人道的错误思潮的侵蚀。我坚信，只要广大青少年越来越懂得历史，"还能叫人吗"的人将越来越少，甚至消失。固然，历史教育不可能万能，还需要整个社会的密切配合。

"寒凝大地发春华。"春天已经来临。在这美好的春光里，我很乐意将这套《中国小通史》作为礼物，献给拥有生命的春天的祖国青少年们。

（《教师报》2003 年 8 月 17 日）

卖糖时节忆吹箫

北国，寒凝大地。在晴朗的日子里，望着窗外天空上缓缓移动的白云，我的思绪常常飞向南方的故乡，飞向童年的旧梦。儿时随父母乡居，入冬后就是卖糖时节。这里的"糖"字，在更准确的意义上说，应当写成"饧"，古人多用此字，而且多半指的是麦芽糖。麦芽糖是淀粉糖化的产物，我国古代先民早在《诗经》时代便会制作。北魏学者贾思勰的《齐民要术》，有具体记载。但明清之际学者方以智在《物理小识》卷六中的记载，最为简明。要言之，是用糯米蒸饭，加上大麦芽，在石臼中舂成面糊，然后加水，在釜中用温火熬成，再榨之，去糟，用细火煎，并以竹片搅动，至成糖为止。这就是曾经"常令痴儿出馋水"的麦芽糖。

笔者儿时，正值抗日战争期间，在盐城海隅的水乡泽国，地瘠民贫，商品匮乏，我能吃的糖，只有麦芽糖一种。生产此糖者，也是个别农民。说是"个别"，因为在乡间能掌握其实很简单的制作麦芽糖技术的人不多。有此手艺者，从来秘不示人。家乡附近的方圆十几里内，自产自销此糖者，也不过两三家。

卖糖人挑着担子，一边走，一边吹着箫，神情颇为悠闲。这种箫是用黄铜制成的，较短，似乎只有五十孔，吹奏起来，音色激越、清脆，很远都能听到，与竹箫低沉、伤感的音调迥然不同。因此，从初冬直至早春，我和小伙伴们每当听到箫声在进村的田埂上响起，便禁不住心头狂喜，奔走雀跃。家母不是找出一点烂铁，就是拿出早已风干的猪骨头，或者是一包头发，与卖糖人换糖。麦芽糖甚黏，切时需用较重的铁刀，切下后，还需用另一把铁刀背敲打，糖块才能与刀分离。其时每当听到切糖的叮当之声，我和小伙伴们多半口水已经流出。有时，卖糖人吹着箫，从我们就读的村学前经过，大家虽不敢闻箫起舞，却也禁不住把目光移向窗外，倘离下课时间不远，老师往往也因时制宜，宣布下课。大家就都挤到糖担前，闹闹嚷嚷。古人有《糖担圣人》诗一首，大体上将学童买麦芽糖的情景，生动地描绘出来。清初学者褚人获记云："《支颐集》有《糖担圣人》诗……'曾记少时八九子，知礼须教尔小生。把笔学书丘乙己，惟此名为上大人。忽然糖担挑来卖，换得儿童钱几文。岂知玉振金声响，仅博糖锣两三声。'"①

　　由此可知清初卖糖是敲锣而不是吹箫。明末人写的小说《生绡剪》第二回，也曾描写老脱其人，向一名老道借了一副糖担、糖锣，将担子挑进一户人家的大门槛内，"将糖锣又乱敲起来"。明代画家徐文长曾作《昙阳》诗十首，其中第五首有云："托钵求朝饭，敲锣卖夜糖。"这是明朝人卖糖鸣锣的明证。不

---

　　①《坚瓠补集》卷一。

过,在更遥远的古代,卖糖是吹箫的。清人苏州人氏蔡云撰《吴歈》咏麦芽糖诗谓:"昏昏迷雾已三朝,准备西风入夜骄。深巷卖饧寒意到,敲钲浑不似吹箫。"个中消息不难窥知。五十多年前,周二先生知堂老人在《卖糖》[1]一文中,引崔晓林著《念堂诗话》卷二中的一则说:"《日知录》谓古卖糖者吹箫,今鸣金。"所言甚是。宋朝人马永卿《懒贞子录》卷二指出《周礼》"小师"关于"箫"的注释是"编小竹管,如今卖饴饧者所吹者"。可见箫在古代很流行,并为卖糖人所乐用。不过,古代的箫是"编小竹管",即多管排箫,今天我们常见的单管箫,出现较晚。民谚有谓:"横吹笛子竖吹箫,小小胡琴拉断腰。"无论怎么说,家乡卖糖人吹的是箫,真是步古人余韵,断而相续,"礼失求诸野",幸何如也。

不过,飞速前进的现代化车轮,常常把我的一些童午旧梦碾得粉碎。近日有客从故乡来,问起吹箫卖糖事,答曰:"现在的儿童吃水果糖或巧克力,谁还高兴吃麦芽糖。已有好多年不见吹箫卖糖人的影子了。"显然,这一古老的风流余韵,也终于消失在乡间的小陌、谷场和孩子们的欢声笑语中,成了绝响。

人过中年喜忆往,往事如烟多怅惘。箫声咽,儿时旧梦何处觅?凝神眺望冉冉逝去的白云。平添一怀愁绪。其实,人生之旅,有太多离愁别绪——包括童梦的失落。奈何!

1993 年 12 月 5 日夜于京西八角村

---

① 见《宇宙风》第 74 期。

124

天涯落日故人情

　　读了邱励欧等三位女性作者的这部《六字信》书稿,不胜感慨。这是一本伤感的书。杜工部诗曰"丧乱死多门",古代俗语"乱离人,不及太平犬",真可谓一语点破了惨痛。在战乱中人民逃难流亡,转死沟壑,妻离子散,天各一方,无数饱含血泪的悲剧,不断在人间上演。洪勋和玛姬的故事,也正是古往今来因战乱发生的悲剧之一,只是洪勋是我国20年代末、30年代初留学法国,并取得巴黎大学博士学位的留学生;他的爱人玛姬是一位美丽、善良的法国女郎,他们的悲剧,更让人平添了异国相思、泪洒天涯的感喟,"问君能有几多愁",恰似赛纳河水天际流,这是何等的不幸!假如没有法西斯发动的第二次世界大战,特别是1937年日寇进攻上海,洪勋和玛姬的命运就会改写。

　　当年洪勋回国探视母病,不久找到一份中法合作的工作,正在急切地等待受派遣返回巴黎,与伉俪情深的玛姬举案齐眉,指望看到出生不久的女儿克里斯蒂娜,向往白日上班同劳作,归来儿女笑灯前,那是多么幸福,多么温馨。可是正在此时,战争爆发了,他们不仅见不到面,而且失去了联系。上海沦陷后,洪勋在一个已是汉奸的旧同学枪口逼迫下,为汪伪机构当了一年半法文翻译,留下历史污点。纷飞的战火,更使他与玛姬断绝了音讯,生死不明,双方重组家庭,"无边落木萧萧下","断肠人在天涯",令人唏嘘。

老子说过,"天地不仁,以万物为刍狗;圣人不仁,以百姓为刍狗"。在"文化大革命"中,多少人遭到残酷迫害!洪勋那一点轻微的历史问题,被放大一万倍,遭批斗、侮辱,轰出家门,驱赶到斗室里,监督劳动。不幸的是,洪勋虽然熬到了1976年"四人帮"被粉碎,但次年即在贫病交加中去世,直到1985年,才获得平反。上穷碧落下黄泉,洪勋魂魄知否?问苍天,天无语。

黑暗伴着光明,绝望伴着希望,丑恶伴着良善——人类历史从来就是这样前进着的。洪勋与玛姬凄婉的爱情故事,特别是玛姬对洪勋的坚贞不渝,感人至深。玛姬在贫困中度日,仍然节衣缩食,坚持接济几乎陷入绝境的洪勋。她的崇高美德,堪称是法国的王宝钏。她写给洪勋的那些信,感人至深,是人类爱情史上的珍品。在人妖颠倒、暗无天日的岁月里,洪勋仍然受到了邻人、亲友的同情、关怀,这是支撑他活下去的重要力量。洪勋、玛姬未能重聚,抱恨终天。值得庆幸的是,他俩的后辈,都珍惜中法之间的这段悲欢离合的跨国情缘,血浓于水,互相探望、关心,洪勋、玛姬如地下有知,当含笑于九泉。

天涯落日故人情——这本书是值得读者认真一读的。

2010年5月10日于北京西什库

5月16日晚删改

月下谁敢追萧何

萧何月下追韩信的故事，差不多是妇孺皆知的。但是，月下谁敢追萧何？

提出这个问题，似乎有点"丈二和尚——让人摸不着头脑"。其实，我要说的是萧何——这位在秦末农民大起义中，帮助刘邦打天下、立过头等功勋、当上堂堂汉朝丞相的古代杰出政治家，也曾贪污受贿。据《史记》卷五三《萧相国世家》记载，他利用权势以贱价强"强买民田宅数千万"。萧何又特地上书汉高祖，说"长安地方狭小，皇家上林苑中有很多宝地，请求开放这块禁地，让百姓耕种"。刘邦阅后大怒，一针见血地指出："丞相受了很多商人的财物，便替他们说话，要求开放上林苑，讨好百姓！"立即下令将萧何关进监狱。后虽经人说情，刘邦将他释放，但毕竟吓得他半死，光着脚，以老态龙钟之身，战战兢兢地向刘邦千恩万谢。

其实萧何不仅纳贿，若论行贿，也是个老手。早在秦朝末年，他任沛县吏时，就曾经贿赂当时任亭长的刘邦，别的小吏"送奉钱三，（萧）何独以五"，这不是重贿又是什么？无论是行贿、纳贿，都是犯罪行为。萧何更是汉初法律的制定者，何况位极人臣，是"一人之下，万人之上"的丞相，居然知法犯法。"官者，不持戈矛之盗也"。从本质上说，萧何的贪赃枉法行为，与"月黑杀人夜，风高放火天"的盗贼并没有什么两样。但是，月下人们可以追盗、捕盗，谁又追捕萧何呢？

这就是"礼不下庶人，刑不上大夫"的遗风，充分显示了在以皇权为核心的封建专制主义统治下封建特权的腐朽性。事实上，皇帝从家天下的最高利益出发，最担心的是大臣，特别是武将的谋反，而不在于他们是否贪污。宋太祖赵匡胤对宰相赵普说的一番话，堪称典型地道出了皇帝老儿们的心思："朕今选儒臣……即使是全部都贪污受贿，也比不上五代时一个叛乱的武臣危害大。"（《通鉴长编》卷一三，开宝五年十二月乙卯）唯其如此，封建社会的高官，包括丞相或宰相，贪污受贿者，并不少见。被史家誉为"贤相"的汉初另一位丞相陈平，也曾在军中任护军时，"受诸将金，金多者得善处，金少者得恶处"；明代中叶的宰相张居正，死后抄家，有金银约十九万五千两，还有大量的房产、土地，若非贪贿，从何而来？至于清代和珅，抄出的家产更令人瞠目，"和珅跌倒，嘉庆吃饱"，足以说明矣。而从历史上看，除了在特定的政治形势下，如先帝爷驾崩，皇帝出于政治需要，翻手为云，覆手为雨，将个别宰相打下去（如和珅），或在其死后，彻底算账（如张居正）外，对于高官如萧何、陈平之流的贪污受贿，是眼开眼闭的。上梁不正下梁歪。高官——包括改革家如张居正——经济上不干不净，欲普通官吏干干净净又安可得乎！宋代的有识之士杨万里鲜明地指出："大吏不正而责小吏,法略于上而详于下,天下之不服,固也。"(《诚斋集》卷八八《驭吏上》)这是很有道理的。

月下谁敢追萧何? 这是封建制度的悲哀,人类的悲哀。只要有中世纪的阴影在,类似的大同小异的丑剧,便难以在政治舞台上消失;除非真正的太阳——健全的法治——在天宇高悬。光芒照彻每一个角落!

(《中老年时报》2015年11月17日)

鬼话

鬼吏（一）

晋朝陶潜《搜神后记》谓：襄阳人李除，患病而亡。其妻守尸体，三更时李除突然坐起，脱下妻子所戴金钏，又死了过去。天亮时，李除苏醒，说：我把金钏送给官吏，他就放我回家了。

按：看来，以阎罗王为核心的阴间世界，也是贪赃枉法，草菅人命。无怪乎陈老总在《梅岭三章》诗中有谓："此去泉台招旧部，旌旗十万斩阎罗。"

鬼钱

南朝祖冲之《述异记》谓：有一鬼，颇捣蛋，或唱歌，或学人语，常将粪便投入人吃的食物中。他到姓庾的人家去捣乱，姓庾的对这鬼说：你用泥土、石块掷我，我不害怕，如用钱掷我，那我才头疼呢！如用古钱掷我，我更害怕。鬼便用古钱掷他，前后共六七次，姓庾的共计得了一百多个古钱。

按：这可谓"鬼高一尺，人高一丈"，鬼哪里是人的对手？况鬼头鬼脑、鬼鬼祟祟之鬼乎！当然，设想有鬼白白送钱上门来，只要想想这句话就会立刻梦醒："有钱能使鬼推磨。"谁听说过"无钱能使鬼推磨"？指望鬼白送红包，只能是鬼迷心窍。

鬼驳《无鬼论》

唐牛僧孺《玄怪录》卷五谓：唐玄宗开元年间，崔成撰《无鬼论》成，拟献朝廷。忽有道士来访，读《无鬼论》毕，说：谓无鬼，甚谬，我即鬼也，岂可谓无？你若将此论献朝廷，当为鬼神所杀，应当烧掉。《无鬼论》从此消失。

按：鬼说有鬼，与鬼说无鬼，其实本质上并无不同，都属于鬼话连篇。倒是世上有不少人，明里是人，暗里是鬼；面孔正经，心里有鬼；但要他承认这些，万难！如此看来，这类人连鬼都不如，因为鬼并不掩饰自己的存在，也并不觉得自己寒碜。

伥鬼

宋朝孙光宪《北梦琐言·逸文》卷三谓：江河边多伥鬼，往往呼人姓名，应之者必溺，乃死魂者诱之也。

按：伥并非阴间世界所特有。有则成语叫"为虎作伥"，伥者，虎的忠实帮凶也。人间穿着中山装、西装的伥鬼，我们见得还少吗？远的不说，去今未远的"文革"期间的文痞"梁效""罗思鼎""洪广思"之流，不就是吗？而且，这些伥鬼也绝对不会绝种，总会有文丑、文乞去续其香火的。更值得注意的是，"文革"时的伥鬼，"百足之虫，死而未僵"，近年来大放厥词，为"四人帮"叫好，为"文革"翻案，足见其又找到适当的气候，复而更生了。人们应当擦亮眼睛。

鬼吏(二)

明朝祝允明《志怪录》谓:泰和县萧某媳妇刘氏,年十七,字还娘,忽得疾死,葬之郭外。还娘初入冥府,见坐着三位大王,看到还娘,齐声说,错了,怎么办? 鬼吏说,留下算了! 大王坚持说不可,遂放还,还娘得以重返人间,算来她已死了十七天了。

按:人间有好皇帝、坏皇帝,阴间也有好阎王、坏阎王。本篇中的三位阎王,就表现不错,有错必纠。常言道:"阎王好见,小鬼难缠。"这个鬼吏就企图制造错案,真不是东西,其实,这正是曲折地反映了明朝胥吏的可恶。明清之际的大思想家顾炎武曾尖锐地指出,明亡于胥吏之恶,百万胥吏"皆虎狼也"! 当今胥吏、冗官之滥,成了难以根治之症。当前最大的危机,就是贪腐猖獗。谁贪的? 固然亦有高官,但更多的是中、低层干部。吏治问题不解决,历史的教训可谓殷鉴不远也。

谢老牛

明朝祝允明撰《志怪录》谓:苏州阊门外杨家,养一牛拉磨,十八年了,太老,拟卖掉,召一买主,成交。不料此牛连连托梦买主,说切勿买,我是施巷的谢挑盘,因欠杨家债,就投胎变牛还他的债。后来,谢挑盘儿子得知此事,将此牛赎去养老送终。这是成化十八年(1482)春天发生的事。

(《杂文月刊》2012年第5期)

马桶与文化

某日陪友人游故宫,此公在参观了皇帝的寝室后,忽发问曰:"皇帝要解手怎么办?"我答曰:"上马桶。"他不禁喟然叹曰:"看来皇帝的生活未必都很舒服,解手就不如现代人。"诚哉斯言,现代人的抽水马桶,当然比古代马桶卫生、方便多了。但殊不知,马桶的长期存在,正是表明了我国文明史发展的迟滞、缓慢。

从整体看来,我国古代对厕所很不重视,直到明清时期连堂堂首都北京,都难得找到几处公厕,便是证明。民间——尤其是北方,则更不必论矣。人们不分男女,随处方便,套用一句"文革"时风行天下的语录来形容,这便是"广阔天地,大有作为"。明人蒋一葵编《尧山堂外纪》卷八十三载谓:王威宁尤善词曲,尝于行师时,见村妇便旋道傍,遂作《塞鸿秋》一曲:"绿杨深锁谁家院,见一个女娇娥,急走行方便。转过粉墙来,就地金莲。清泉一股流银线,冲破绿苔痕,满地珍珠溅,不想墙儿外,马儿上人瞧见。"你瞧,女娇娥尚且如此,男人们就可想而知了。但是,这毕竟是在室外、田野的情形。而在室内,尤其是夜

133

间，人们是使用净器的，最常见的，就是马桶。

今日称大小便曰大小解，古代则称大小溲。最早的受溲之器至迟在春秋战国时代已经普遍使用，统称"虎子"，在《周礼》中即有记载。据清代考据家孙诒让解释，"虎子"是"盛溺器，汉时俗语"，看来主要用于小解。而据宋学者赵彦卫撰《云麓漫钞》记载，到了唐代，因避讳故，改称"虎子"曰"马子"。直到现在，大陆民间——如江浙各地，仍称"马子"，不过，供解小手用的木制盛器，则专称"小马子"。器物名称的演变，一般均由繁而简，接近真实。至宋，已通称为马桶。南宋学者吴自牧《梦粱录》谓："杭城户口繁夥，民家多无坑厕，只用马桶，每日自有出粪人蹇去，谓之倾脚头。"这是再清楚不过的证据了。不过，在实际生活中，仍然是"马子"（又作"枵子"）、马桶并称。如《金瓶梅》第六十一回就描写过李瓶儿"到屋里坐马子"，后来晕倒了。有时亦称净桶、坐桶。晚明江南流行"眉公马桶"，看来是大名鼎鼎的陈眉公的专利。但不管叫什么，马桶与人类的生活是如此密切相关，就必然会在文化上留下种种痕迹。

明代嘉靖年间的著名作家朱载堉，写过一首《天不均·六娘子》的小曲："天不均来地不均，圆帽儿变成方巾，诗云子曰胡斯论。呀！生在马桶前，满口嗫臭文，吃了蝇子惹恶心！"（路工编：《明代歌曲选》）这对当时蝇营狗苟的无耻文人，是十分辛辣而又形象的嘲讽。清代还有人专门写了一首"马桶词"，调寄《黄莺儿》，虽属无聊文字，但描摹颇传神："金漆铁箍腰，贴香臀，坐阿娇，浑如仰放中军帽。红蟢蟢小巢，翠茸茸细毛，依稀谱出淋铃调。涤辛骚，夕阳影里，疏竹响萧萧。"（［清］·独逸窝退士辑:《笑笑录》卷五)"萧萧",原注谓:"马鸣也!盖吴人谓涤马桶曰萧,实巧合耳。"至于"疏竹响萧萧",则是描写用竹片扎成的帚(在江苏北部通称"刷马把")刷洗马桶时发出的声音。而"金漆铁箍腰",则显然是大户人家使用的比较精致的马桶。时至今日,仍然如此。江苏有首民歌唱道:"张家姑娘要陪送,爹娘陪个大马桶。马桶箍亮又亮,马桶盖红又红,张家姑娘看不中。"但这样亮、这样红的马桶,毕竟是少数。笔者童年时住在乡间,每当屋后河中响起锣声,便和大人们一起去看路过的陪嫁船,船上必有贴喜字的马桶,放在船头。回想起来,我看到金漆马桶极少。多数是用猪血、红粉拌和涂料涂抹的。有的马桶甚至是用竹箍成的。这是因为船中的新娘绝大多数是贫苦农民的女儿。但尽管如此,有一只新马桶,毕竟是一件喜事,以至今日民间口语仍不时有谓"新箍马桶三日新"云云。

走笔至此。还是回到本文开头的话题上来,即皇帝使用马桶的情况。以明代而论,宫中马桶共有多少?已不可确考。每日由太监中的下层"小火者""净军"者流,推着净车,清洗马桶。这些净军,五年修造一次,嘉靖初年用银竟达二千七百五十两之多(刘麟:《清惠集》卷六)。推算起来,宫中的马桶及采购用银,肯定为数可观。询及文物专家,明清皇帝用的马桶,也不过是金漆铁箍或铜箍而已,慈禧太后用的马桶,虽然内置水银,使粪落桶底泻无声,但仍然是马桶而已。我见过光绪皇帝使用过的马桶,外罩装饰华丽的柜子,这与我四十年前看到的一位乡绅家的马桶,也是大同小异,可见"皇泽"之长久。而从外形上看,千百年来,马桶的形状,大体上非圆形拎式,即长圆口呈四方形挟腰式,呆板之至。而更令人感叹的是,至今大陆农村的多数农家,甚至包括大都市上海中的不少市民,仍然使用古老的、代代相传的、掀盖即见"黄金万两"的马桶。吁!马桶不去,文明难来,什么时候马桶从中国人的住宅中完全消失了,中国的文化史将翻开全新的一页。

合肥宰相与乐山太阳

四十年前，我在读大学一年级时，周予同教授给我们上"历史文选"。他谆谆告诫："你不管碰到什么书，都应翻翻，哪怕翻翻头尾也好，总归有所得的，至少不会闹出图书馆编目时，居然将张资平的三角恋爱小说《冲积期化石》，想当然地列入地质类这样的笑话。"后又读鲁迅的名文《随便翻翻》，说"一多翻，就有比较，比较是医治受骗的好方子"。颇感二位周先生是深悟读书之道的，并金针传度，授予青年学子以不二法门。我虽不学，但常常在随便翻翻中，确实每有所得。譬如，读《寿言》《德音录》，即令我大开眼界。

在中国文学史上，最令人生厌的文字，是形形色色的马屁文学。古代为达官公卿编刻的祝寿文集，即属于此类。清末《渐西村舍丛刊》，收有袁昶撰《香岩尚书寿言》《合肥相国寿言》两种。后编入《丛书集成初编》，合为一册。香岩尚书是指曾任内阁学士、两广总督等职的张之洞（1837—1909）。限于篇幅，对关于他的《寿言》，存而不论可也。所谓合肥相国，是指大名鼎鼎的李鸿章（1823—1901）。据说，时下有人正起劲地为他翻

137

案,在我看来,恐怕是"枉费推移力","无益费精神"。难道能对他残酷镇压太平军、捻军大声喝彩吗? 总不能为他签订丧权辱国的《马关条约》《中俄密约》《辛丑条约》评功摆好吧! 然而,正是这位李鸿章,在他七十岁生日时,曾大肆祝寿,拍马者争相吹臀,一个比一个肉麻。袁昶写的寿序,居然说:"我夫子太傅首揆合肥公之历仕也,翼景运,垂洪晖,兴文儒,搜军实,绩之烟阁,册于麟台,图在丹青,勒诸金石,朝野喁喁,华裔交仰,非上下五千年,纵横九万里,不足以语师相之寿,是岂小儒詹詹虫篆之笔,所能形容其万一哉!"尤有甚者,竟说"自公始,而泰西(即西方)武士亦帖耳用命,争效爪牙"。纯粹是白日梦呓。其实,这种把零说成一万的把戏,又骗得了谁呢? 当时在民间道路相传的一则对联,曰:"宰相合肥天下瘦,司农常熟(指翁同龢)世人荒。"可见人民的眼睛是雪亮的。

1987年,四川乐山市沙湾区政协编印的《沙湾文史》第三期,是《德音录》专辑。《德音录》是郭沫若与胞兄郭开佐、胞弟郭开运于民国二十八年(1939)合编的一本以祭悼亡父郭膏如、亡母杜邀贞的文字为内容的集子,在重庆出版。此书是研究郭沫若家世的重要资料,故沙湾有司重新整理后付梓。本书"诗文"类,收有郭家佃户江春贵等人的祭文一篇,想来是出自三家村土博士的手笔,读后令我拍案叫绝。开头即谓:"时维中华无帝典,民困是新章。朔日当祭望,大吉又大昌。"即让人感到出手不凡,头两句着实可圈可点。更精彩的是:"呜呼,老太爷何太匆,你是寿比南山,福如东海洋,在世上万民瞻仰。老太爷恩德如同天地合太阳,春夏秋冬四季,东西南北四方,无有不照亮;

州县城市乡坊远近街邻市场,无有不沾光。"经过"文革"的人,对此颂歌,是何等耳熟。但切勿弄错,这是几十年前的郭老太爷颂。外地人哪里知道,人家乐山的太阳,早已"无有不照亮"了! 经典作家曾指出,农民是需要别人赐给他们阳光和雨露的。这首郭老太爷颂,便充分证明了这一点。在小民百姓的心中,太阳非属一人,有德者居之。这样的事例,在历史上是不胜枚举的,此仅其中一例而已。

1997年7月3日于老牛堂

薛宝钗乱煮大锅饭

　　世界上有各种各样的巧妇,《红楼梦》里的薛宝钗,能言善辩,"知书达礼",并能描龙绣凤,吟诗填词,当然也是一位巧妇。但是,有的巧妇让人同情。譬如,烹调手艺高超,但无米下锅,这就是人们经常感叹的"巧妇难为无米之炊"。而另一种巧妇,明明手中有米,却乱煮大锅饭,这就令人生厌了!薛宝钗就是个典型。谓予不信,请看《红楼梦》第五十六回。

　　这一回的标题是《敏探春兴利除宿弊,贤宝钗小惠全大体》。说的是贾探春在大观园里搞了一点小小的改革,学赖大家的样,把花园里的竹林、稻田、瓜果、花草以及洒扫庭除,都包给指定的老妈子们。这样做的目的,探春说:"一则园子有专定之人修理花木,自然一年好似一年了。也不用临时忙乱;二则也不至作践,白辜负了东西;三则老妈妈们也可借此小补,不枉成年家在园中辛苦;四则也可省了这些花儿匠、山子匠并打扫人等的工费;将此有余,以补不足。"应当说,探春为此"兴利除宿弊","兴利"倒是次要的。因为大观园的花草、果疏之类,尽管有可能投放市场,但那一点经济收入,对贾府来说,太微不足道了。改革的主要目的,是为了"除宿弊",即除掉分工不明确、无积极性、效率低之类的老毛病。无怪乎李纨说:"好主意!……省钱事小,园子有人打扫。专司其职,又许他去卖钱,使之以权,动之以利。再无不尽职的了。"诚然,贾探春绝不会说出今天的加强责任制、按劳取酬一类的话。但是,她想打破"三个和尚没水吃"的古老格局,做到职责分明,提高"老妈妈们"的积极性,则是十分明确的。探春的改革,果然得到了大观园中有关劳动者的热烈拥护。有的说:"那片竹子单交给我,一年工夫,明年又是一片。除了家里吃的笋,一年还可交些钱粮。"有的说:"那一片稻地交给我,一年这些玩的大小雀鸟的粮食,不必动宫中钱粮,我还可以交钱粮。"你看,他们的积极性一下子便调动起来了,真是热气腾腾。

但是,在这关键时刻,薛宝钗即抛出了她的分配方案,说:"如今这园里几十个老妈妈们,若只给了这个,那剩的也必抱怨不公;我才说的他们只供给这个几样,也未免太宽裕了",而那些"当差之人,关门闭户,起早睡晚。大雨大雪,姑娘们出入,抬轿子,撑船。拉冰床,一应粗重活计,都是他们的差使",所以也应"沾带些利息",不然他们会认为"你们(老妈子们)只顾了自己宽裕,不分与他们些",便报复你们,"多摘你们几个果子,多掐几枝花儿",让你们有冤没处诉。真是洋洋洒洒,好一派宏论!

这种"小惠全大体"的方案,似乎各式人等都照顾到了,人人皆大欢喜,但稍加分析。不对了!什么"你们只供给这个几样,也未免太宽裕了",无非是怕承包稻田、竹林之类的老妈子们，多劳多得，富裕起来；至于要让那些既不种花，也不锄草，既不插秧，也不割稻的人，都"沾带些利息"，则更为荒谬。谬就谬在：煮了一锅大锅饭，不管三七二十一，每人一勺！当然，这种主张，并非薛宝钗的独创，本质上不过是传统儒学唱了几千年的"不患寡而患不均"的老调子的翻版而已。

曹雪芹生活在二百多年前。但他所描写的薛宝钗的平均主义论调，直到今天，我们仍不时可闻。例如，不论是工厂，还是科研单位，有谁得了一项创造发明奖，或者一大笔稿费，有的领导，不是马上指示要与全体共同分配吗？其理由，说来说去，不管如何振振有词，实际上都绝不会超出宝钗那一套高谈阔论的范围。

时代变了，巧妇薛宝钗之类乱煮大锅饭者，可以休矣！薛宝钗那一套乱煮大锅饭有理的论调更应休矣！

1984年11月初于北京

（《北京日报》1984年11月）

"发财"考

　　"发财"一词。源出何典？翻新版《辞海》，竟无此条。是否认为语不雅训，不足与读者释之？此亦非局外人所知也。但有一点倒是肯定的：1989年前，"发财"二字几乎是资本主义、复辟的同义语，在那个年头，谁也不敢说"发财"；如果谁想恭喜别人"发财"，就无异于恭喜别人倒霉。最形象的例子，莫过于电影《月亮湾的笑声》里的冒富大叔：靠勤劳致富，发了一点财，结果被扣上不走正道儿的帽子，横遭迫害，差一点呜呼哀哉。

　　当然，别的工具书，例如台湾编纂的《中文大辞典》，还是有"发财"词条的，其定义是："获甚多之金钱也。"并引《礼记·大学》："仁者以财发身，不仁者以身发财。"再翻检清朝学者翟灏（hào）的《通俗编》，在"发财"条下，也是引的《礼记·大学》。看来"发财"一词，早在战国后期，至迟在汉代就使用了。因为《礼记》一书，其成书年代，考据家们虽有争议，但如不出于战国后期的儒生手笔，最晚也是汉朝人的作品。如此看来，早在两千多年前，"发财"即已成为人们的口头语了。

　　这里，姑且不论《礼记·大学》说"发财"时鼓吹有钱者应施舍，勿贪于聚敛之意。不妨翻一翻文化史，看一看围绕古老的"发财"二字，凝聚着多少悲喜剧，耗费了多少作家的笔墨。

在古代，在旧中国，有多少穷人盼望"发财"，以摆脱饥寒交迫的困境。但是，在剥削制度下，对于绝大多数穷人来说，"发财"只能在梦中。明朝作家朱载堉(yù)写的《山坡羊·做好梦》，对此做过生动的刻画："正三更，我做个好梦儿。我梦见银共钱无边无岸，霎时间盖高楼起大厦……些须出几股本钱，置地土，买下庄院，干监生，成门乡宦，众亲友，齐来瞧看。我家下骡马成群，喜地欢天。我的银钱！被我那不材的妻儿，把我一足蹬散。我的银钱！再想做这好梦难上又难。"在人们心目中，贫穷被高度抽象化、人格化的结果，便塑造出一个众鬼之中最寒碜、也最不受欢迎的鬼——"穷鬼"来。唐代著名文学家韩愈，即写过一篇《送穷文》，"三揖穷鬼而告之曰：……日吉时良，利行四方"，希望穷鬼"驾尘扩(kuò)风，与电争先"走得越快越远越好。但是，真的把穷鬼送走了吗？顾炎武《菰(gū)中随笔》，引唐朝姚合的诗，做了最好的回答："年年到此日，沥酒拜街中。万户千门里，无人不送穷。""送穷穷不去，相泥欲何为？……""古人皆恨别，此别恨消魂。只是空相送，年年不出门！"正是，江河日夜流，送穷穷不走。

事物总是相辅相成的。人们既然创造了穷鬼的形象，也就必然要塑造出一个与之相对立的形象，这就是财神爷。余生也晚，是中华人民共和国成立后成长起来的，但童年时，仍然看到了旧中国的尾巴。每逢春节，家家户户面对财神爷的塑像或画像烧香、叩头，在墙上贴着用红纸写的"招财进宝""斗大元宝滚进来"的大吉大利语。目的可想而知：迎富。据清代学者钱大昕在《十驾斋养新录》中考证，古代蜀国还风行过在春天迎富的仪式。有位诗人曾写下《二月二遂宁北郊迎富故事》："才过结柳送贫日，又见簪花迎富时。……里俗相传今已久，漫随人意看儿嬉。"可见与送穷一样，迎富在当年也曾风行一时。但是，在黑暗的旧中国，对穷人来说，与送穷穷不走一样，迎富的结果，只能是迎富富不来。

　　封建的道学家们，动辄"何必曰利"，看到发财二字，就是大摇其头。南宋朱熹注《大学·治平章》"不仁者以身发财"是"亡身以殖货"，反对发展生产。清代江南有个叫王有光的文人，在《吴下谚联》卷三"发财"条中写道："今人相见，不论官民士大夫，开口即道'发财'。……当局者迷，乐此不疲。……乃以此作颂词，大谬千古。"在王有光看来，谁要是恭喜别人发财，就是大错特错，贻误千古。其实，这些道学家们的说法才是迂腐，虚伪，大错特错的。自然，"君子爱财，取之有道"，如果为了发财而不择手段，那也是人所不齿的。不过，大江东去，朱熹、王有光辈俱往矣。历史已翻开了全新的一页。愿在"恭喜发财"声中，我们的人民尽快富起来，我们的国家尽快富起来。韩愈如果地下有知，当会以他的生花妙笔，写出一篇新的光辉夺目的神州《送穷文》吧！

（《北京日报》1984年1月16日）

伟哥与皇帝

去年春暖花开时,我在北海公园散步,遥望故宫,龙楼凤穴,近看"五龙亭",紧挨着一湖春水,百顷碧波,我仿佛听到明清皇帝与后妃在这里寻欢作乐的欢声笑语,看到了明朝好几个皇帝因大吃壮阳药而早死、惨死……忽发感叹:伟哥不是地里长的,皇帝倒是人养的。回味此话,觉得有点意思。不久,京中有个聚会,刚好与漫画大师方成翁同席,我便立即将这两句话写在纸上,给方老过目。此老是何等人哪,看后立刻一笑,说很有意思。我请他将这两句话写成条幅,寄给我。没过几天,就收到了他别具一格的墨宝,请人装裱后,挂于书斋。虽相对无言,但历史的潮水却喧闹着,从我的脑海里流过——谁要真正懂得这两句话的含义,便懂得中国历史的一半——我敢说。

伟哥是美国人的发明,传入中土后,大受有权者与有钱者的欢迎,目的只有一个:增加性消费的能力。早已处决的大贪官、江西省原副省长胡长清,被捕时搜出一包伟哥;料想岁数一大把的巨贪成克杰之流,以及虽在壮年却二奶成群的贪官,若不用伟哥,肯定是"英雄气短,难成大业"。先师陈守实(1894—

1974)教授是梁启超弟子中唯一精通马克思主义的史学家。他曾论述过"消费大解放"的问题：贫苦农民食不果腹，经常吃糠咽菜，艰难度日。然一旦造反，声势浩大后，便洗劫官府豪绅，大饮大嚼。明末农民还编出歌谣："吃他娘，穿他娘，开了大门迎闯王。"甚至攻下洛阳后，将福王朱常洵的血与鹿血掺在酒中，名"福禄酒"，开怀畅饮（按：当然，这是野蛮行为）。守实先生的这一见解，对我们很有启示。事实上，说到人类的消费，不外乎"食色"二字。食之大解放，已如前述；色之大解放，是与食的大解放同步的。以明末农民军而论，李自成不好色，有妻高氏，生一女；有妾邢氏，貌若天仙，无嗣，后被部将高杰勾引，投降明军。我一直怀疑，绰号"闯将"的陕北农家子李自成，恐怕那话儿缺乏闯荡能力，否则难以解释何以无子，那么漂亮的小老婆竟弃他而去。而另一位农民领袖张献忠则不同：小老婆无数，动辄更新。张靠什么药物壮阳助威的？无史料记载，不好妄加猜测，但老张将色的消费大大解放了，则是不争的事实。历代农民领袖中，夺得色消费大解放冠军者，当数太平天国领袖洪秀全。我曾两次探访过他的老家官禄布村，在原址上按原样重建的洪秀全故居，土墙茅顶，真正是蓬门陋室。可是，这样一个从茅屋走出来的贫苦农民的儿子，揭竿而起，当了首领后，马上就搞色的大解放。金田起义时即选妃十五人，攻入南京称王后，居然有二千三百多名妇女陪侍他，无怪乎有学者著文《洪秀全在美女包围中走向灭亡》，诚哉斯言！

美国的伟哥不是地里长的，是若干原料经化学处理合成，比地里长的人参还贵。自古以来，带有中国特色的伟哥，亦即形形色色的壮阳药，当然也不是地里长的。秦汉以来，儒家鼓吹"天人合一""君权神授"，明明皇帝也是人养的，也有七情六欲，也每天穿衣吃饭，也要打嗝放屁，却被美化为神，其实是闪着金光的马屁而已。事实上，帝王位居九五之尊，拥有食、色的最大消费权。他们的锦衣玉食自不待言，不少人为最大限度开发自己身体，追求极欲，更是挖空心思寻找有奇效的壮阳药。秦始皇与方士勾勾搭搭，派徐福到海上寻"长生不死之药"，我看这不过是个幌子，他明明知道人是要死的，否则早早地修陵墓干什么？不能排除，他是寻求伟哥亦未可知。中国古代的伟哥，早期无一不是从金石、汞、硫黄等成分中，经道士在炉火中提炼而成，燥热异常，毒性甚大。嘉靖皇帝朱厚熜酷好此类药物，但心中没底，往往让心腹权臣严嵩先试服，严嵩将服后的感觉逐一上奏。如嘉靖三十五年（1556）6月10日严嵩奏曰："臣昨岁八月服丹只五十粒，乃至遍身燥痒异常，不可以忍……至冬发为痔疾，痛下瘀血二碗，其热始解……伏乞圣明俯察。"（《嘉靖奏对录》卷十）严嵩身为内阁首辅，竟充当壮阳药的活试剂，君臣演出了一幕荒诞剧。嘉靖皇帝所服春药，有的是用幼童的小便在秋石上熬成，有的是用少女月经炼成，性皆燥，他常常欲火烧身，把嫔妃、宫女拉来行房，活活折腾死——这为"壬寅宫变"埋下了祸根。嘉靖二十一年（1542）10月19日，朱厚熜正在熟睡，不堪折磨的杨金英、张金莲等十六名宫女，决心将他勒死，不幸失败，统统被凌迟处死，并株连家属。朱厚熜究竟用什么手段摧残这些少女，迫使这些本来胆怯的少女铤而走险，要他的命？从明代以来，史家纷纷推测：有的说他一大早就让少女们脱掉裤子,承受露水;有的说她们有可能目睹幼女被挖掉阴部,供道士炼丹;有的说常让她们服药,使月经提前,以便取以炼丹等等。宫闱秘辛,难明究竟,不可能有确证。但有一点是肯定的,拼命追求色的高消费的朱厚熜,没死于宫女之手,实在是他的侥幸,或说是老天爷犯糊涂了! 其子隆庆皇帝朱载垕,比起乃翁有过之无不及。据明人沈德符著《万历野获编》卷二十一记载,他服了此类丹药后,"阳物昼夜不仆,遂不能视朝"。还有野史记载,他死时阳具仍未倒下,用现代医学眼光视之,是患了严重的阳亢症。有明一代,从正德到天启,皇帝都是纵欲亡身,丧其命的,都是乱七八糟的壮阳药。看来,古之土伟哥,不及今日洋伟哥远矣,因为迄今为止,还没看到服洋伟哥致死者,这大概会让时下的"国粹"派失望的。

今之伟哥,固然价格不菲;古代帝王,为制造类似伟哥的壮阳药,付出了多少巨资甚至血的代价? 难以估算。想想嘉靖皇帝对少女的残暴、隆庆皇帝的一直"高举",人们还要神化皇帝吗——无论古今,"食色,性也",但无论是食还是色,都不能过度消费,更不能大解放——这就是历史的结论。

(《同舟共进》2010年第4期)

英格兰铁匠乔的那顶礼帽

　　老来忆旧，往事依稀。但某些事，因为印象特别深刻，至今仍记忆犹新。20世纪50年代末，我在复旦大学求学时，曾在大礼堂看过译制片《孤星血泪》，颇受感动。弹指间四十多年过去了，片中的不少情节模模糊糊。但有个情节却宛然就在眼前：孤儿匹普在他曾施过援手、后来发迹的逃犯威克威的赞助下，跻身上流社会，过着阔少的生活。他的姐夫——一位老实巴交的乡间铁匠乔，穿着一身土里土气的外套，到伦敦匹普的公馆探望。进得门来，他立刻脱下礼帽，但不知往哪儿放，后来竟小心翼翼地搁在壁炉的边框上。这只有几个指头宽的所在，哪里是搁礼帽之处？一会儿，它就掉到地上了。乔赶紧捡起来，再耐心地放上去，但一会儿又掉了，并掉到桌上的果盘上，引起匹普不快。乔一脸无奈，只好躬身辞别匹普，默默地踏上归程。我清楚地记得，所有的观众并未因乔的似乎可笑的举动发出笑声，倒是有人——包括笔者在内，发出叹息声。显然，随着匹普身份的改变，在他和贫穷的乡巴佬姐夫铁匠乔之间，已经横堵着一道无形的墙，将他俩隔开，难以逾越。那顶三置三落的礼帽,生动地显示:这是隔膜的悲哀。

其实,匹普虽因威克威的慷慨解囊,手头阔绰,但并无权势,而在乔的眼睛里,他似乎已属于另一个世界了,因此见了,才惶惶如手足无措。这在古今中外有着多多少少类似乔的经历的百姓中,不知多少次重复着昨天的故事!鲁迅小说《故乡》中的闰土,面对留着两撇东洋胡子的儿时伙伴迅哥儿,不是立刻改口叫老爷吗?对门的老邻居"豆腐西施",还立马断定他已坐了八人大轿呢。闰土、"豆腐西施"与迅哥的隔膜,比起乔与匹普,有过之无不及。这种现象在文学作品中,可以说比比皆是。这是社会分成等级后留下的一声叹息,令人感喟。

但此类一声叹息,毕竟不过是一声叹息而已,对社会并无大碍。倘若在特定时期,因社会角色迅速转换为显贵,甚至是最高统治者与小民、臣民,则险象环生矣。秦末农民大起义的领袖陈胜造反称王后,几个老乡壮着胆子去看他,眼见满屋子的珠光宝气,不禁伸出舌头惊叹道:"夥颐!涉之为王沉沉者!"翻译成今天的白语文,就是:"哎呀!陈胜称王后,有这么多好东西啊!"陈胜听后反应为何?《史记·陈涉世家》没有记载,不得而知。但有一点应当是肯定的:陈胜不久就失败了,如果他真的坐稳了王位,甚至一统江山,坐在皇帝老儿的龙椅上,那几个乡巴佬,不会有机会与他见面;即使万一见了,如果发出前述的大惊小怪,肯定让他吃不了兜着走!

最好的历史注脚,便是苏州老太太遭遇朱元璋的一段故事。据明代大画家唐伯虎的好友徐祯卿著《翦胜遗闻》记载,朱元璋造反夺权,当了皇帝后,微服私访,与苏州一位老太太聊天,这位老太太误以为这个老头跟她一样,是小民百姓,言下不仅流露出对吴王张士诚的怀念之情,而且径直呼朱元璋为"老头子",引起这个"老头子"勃然大怒,后下令将这条街都抄了,"籍没民家甚众"。在两千多年的封建社会中,百姓与皇帝之间,隔膜之深,不啻相距千山万水。新的皇帝上台了,老百姓总是望眼欲穿,以为新政来临,出现盛世。结果总是让他们失望。仍以朱元璋为例。在御用文人的鼓噪下,他成了真命天子,百姓欢声雷动。然而,盛世没有看见,倒不时看到了剥皮、抽筋,看到人们像和尚念经似的背诵他的语录《大诰》。后来他的家乡凤阳叫花子唱的花鼓词,终于揭了他的老底:"说凤阳,道凤阳,凤阳本是好地方。自从出了个朱皇帝,十年倒有九年荒!"

明中叶后,随着君权的进一步被神化,即使在经常见面的大臣和皇帝之间,也不啻隔着关山千万重。有的大臣上朝时,一看到皇帝,竟吓得浑身发抖,大小便失禁。明朝的最后一个皇帝亡国之君朱由检,执政的十七年间,竟像走马灯似的换了十七个宰相,在相当程度上说,也是君臣隔膜太深所致。当然,人臣毕竟是少数人。从历史上看,最让人遗憾的还是亿万百姓眼巴巴地盼望新政,结果是竹篮打水一场空,给他们带来幻灭般的悲哀。最典型的是清末"光绪新政",光绪皇帝在"百日维新"期间,一共下过一百一十一道诏书,一天最多下过十几道诏书,声言要革除这,革除那,实行新法,修铁路,办学校等等,可惜都不过是一纸空文。内容虽新鲜,但没有一条能保鲜!以慈禧太后代表的皇权为核心的封建制度没有任何改变,"敬天法祖"的封建意识形态没有丝毫改变,借用鲁迅的一句话来形容,不过是"改革一两,反动十斤"而已。最后慈禧老婆子一巴掌便把"新政"打个烟消云散,百姓唯有仰天长叹。

中华人民共和国成立后,怎么样? 历史已经证明,仍然有太多的"死的抓住活的"(马克思语)痛苦,山一程,水一程,隔膜时相闻。1962年,国内严重困难,多少人患了浮肿痛……在四川省委机关大院内,一些同志挖开草坪,种蔬菜、粮食,可是中共西南局兼四川省委第一书记李井泉看到后,竟在大会上严厉批评:"种什么粮食? 我一个月二十斤粮食还吃不完呢!"他忘了,凭着特权,他家的鱼、肉、鸡蛋依然一样不缺,自然无须吃多少粮食。真是饱汉不知饿汉饥! 他如果生在遥远的古代,大概多半也要闹出"何不食肉糜"那样令饥民欲哭无泪的笑话的。

悠悠往事说不尽,人间隔膜亦何多。《孤星血泪》中乔的那顶礼帽,启迪我追古思今,想了很多。当然,倘就事论事,乔的礼帽未能放好,又区区何足道哉? 最发人深思的是最高统治者与人民之间的严重隔膜。借用鲁迅的一句名言并改头换面,便是:不在隔膜中爆发,就在隔膜中灭亡。仅以明末、清末为例,严峻的历史,不早已清楚地表明了这一点吗?

(《教师报》2005 年 7 月 13 日,
又刊于河北《杂文月刊》)

细看闲章

闲章不知始于何时，未遑考证。等闲来无事时，再乱翻书找蛛丝马迹。倘蒙博雅君子见教，则再好不过，省得我在书海里像虻虫似的瞎撞了。据管窥所及，最风流偶傥的闲章，莫过于明朝苏州的大画家、诗人唐寅的"江南第一风流才子"章。他的绘画艺术，特别是人物画，栩栩如生，高超脱俗，是"吴门画派"的奠基人之一。他的诗直抒胸臆，不矫揉造作，诗如其人。他浪漫、放荡，以致后人编出《唐伯虎点秋香》那样的传奇故事，在民间广为流传。显然，唐寅自称"江南第一风流才子"是当之无愧的。前辈风流，后人多半难以企及，倘硬要模仿，只能是东施效颦，徒增笑柄。我曾在一部清人文集上，见有"红袖添香夜读书"的闲章，又曾在中华人民共和国成立前出版的一部闲书中，看到"江南第九才子"的押书章，比起唐寅的来，只能说是小打小闹，甚至有点儿猥琐之感了。

当代有几位名人的闲章，给我留下深刻印象。

……

于光远在"文革"中受迫害，被打成"三反分子"，平反后，又有人说他"离经叛道"。他刻了一枚闲章，印文长达十一个字：死不改悔的马克思主义者。我想，这是于老对两顶帽子的庄严回敬，正气凛然，也很有点儿杂文味道。

已故园林史专家、散文家陈从周教授是绍兴人。他常在其画作上印上"我与阿Q同乡"的闲章，令人忍俊不禁。这也反映了他对阿Q的评价。

香港有位著名历史学家，原籍贵州，他刻了一枚闲章"黔驴"，语曰："黔驴技穷。"他大概也是幽自己一默，在自嘲吧！我的好友漫画家方成前辈，祖籍广东中山市。他有一枚闲章"中山郎"，由于很容易使人想起中山狼的典故，阅之令人莞尔。其实，这是方老念念不忘故土，对中山始终怀着赤子之情的表现。近年来，他将自己珍藏的齐白石、傅抱石、关山月等画坛巨匠的原作几百幅，捐给中山市博物馆，便是对"中山郎"的最好说明。

闲章，当于不闲处细看之。

2005年6月14日

难忘"土地庙"

常言道,"野人怀土"。作为一个在野的普通百姓,我常常怀念旧居"土地庙"。尤其在夜深人静,当我在书斋里写作感到疲倦,茗碗在手,听着《二泉映月》《高山流水》之类的民族音乐,看炉烟缥缈,思绪便飞向远方,飞向昨天,仿佛又置身在"土地庙"的晨昏月夕……

我是1979年春节刚过,冒着严寒从上海调到北京,去中国社科院历史所工作的。单位住房紧张,人满为患。我只好与同事席康元兄及近日刚不幸去世的翻译家邹如山兄,挤在一间办公室里,晚上支起床,就算是寝室了。席兄心宽体胖,躺下不到一分钟,便鼾声大作,似隆隆巨雷,从天际排山倒海而来,而且如同一直处于交响乐的高潮,震撼人心,却听不到乐曲低回、云淡风轻时。住了一阵,我实在不堪忍受,只好采取"惹不起,躲得起",搬到楼下地震时匆忙盖的值班室里居住。

这是约十平方米的斗室,夹在两棵高大的白杨树下,外形很像乡下的"土地庙",故所内同事皆以"土地庙"称之。我清楚地记得,当我头一晚下榻此"庙",路人看到"庙"中开着灯,开玩笑说:"咦,'庙'里有神了! 不知谁是'土地爷'?"后来他们知道我躲进"小庙"成一统,又开玩笑说:"还不快点将'土地婆'请来共享人间烟火?"

虽然当时"庙"中并无"土地婆",但我并不寂寞。所内所外的文友来"庙"看我,说古道今,衡文角艺者,大有人在。最令人难忘的是宋史学者吴泰、中外关系史学者马雍,他们俩分别住在所内的简易平房和办公室内,闲时常来串"庙",无所不谈。马雍兄更是知识渊博,见多识广,声音洪亮,滔滔不绝,不知疲倦。此时,我的老学长、患难之交、玄奘和唐律专家杨廷福教授,正客居中华书局,参加《大唐西域记》的校注,不时来看我,并小酌数杯。有时诗人江辛眉兄也同来聚谈。独学无朋则不乐。这些学侣的来访,确实使小"庙"生辉,我的心智备受启迪。我曾对朋友们笑说:"'庙'不在大,有神则灵,群贤毕至,其乐莫名。"但是,在20世纪80年代前期,吴泰、马雍、杨廷福三位先生先后病逝。吴泰比我小两岁,马雍比我稍大,廷福兄也不过刚60岁。"忍看朋辈成新鬼",回想起与他们在"庙"中度过的欢乐时光,无边的思念、不尽的惆怅,时时向我袭来。马雍去世时,我也正在病中,未能去送别,只是托人捎去我的挽联,略寄哀思,至今仍深感遗憾。吴泰的遗体告别仪式上,我伤感至极,痛哭失声,从此以后我不愿再参加比我年轻的亡友追悼会了。至于廷福兄,在他病危期间,我赶往上海去探视,两人执手大恸,真是不堪回首……

后来,因基建需要,所里下令拆掉"土地庙",已故科研处长钟允之同志还对我开玩笑说:"将来我们重建'土地庙'来纪念你。"拆"庙"前夕,弟子周勤小姐刚好来京开会,替我拍了一张照片,如今成为小"庙"的珍贵纪念了。

是的,"土地庙"永远在地面上消失了,但永远不会在我的心中消失。我的第一本杂文集叫《"土地庙"随笔》,就是明证。

2003年12月29日

"蒙汗药"续考

　　"蒙汗药"，是用曼陀罗花制成的，这个结论应当说确切无误。《水浒传》中多次描写"蒙汗药"，但没有一次不是写下药时，均撒入酒中，使药性发作得更快。这种描写是有充分客观依据的。早在北宋年间，司马光《涑水记闻》卷三载："杜杞，字伟长，为湖南转运副使。五溪蛮反，杞以金帛、官爵诱出之，因为设宴，饮以曼陀罗酒，昏醉，尽杀之，凡数千人。因立《大宋平蛮碑》，自拟马伏波，上疏论功。朝廷劾其弃信专杀之状，既而舍之，官至天章阁待制。"①杜杞诱杀造反的少数民族达数千人之多，卑鄙、残忍至极。但杜杞施展阴谋的武器，不是别的，正是"曼陀罗酒"，也就是"蒙汗药"。一次下药，竟使数千人昏醉而身首异处，于此不难看出宋代从官府到民间，使用"蒙汗药"成风，采、制曼陀花的规模之大，也就可想而知。

　　直至明代，此风仍盛而不衰。从郎瑛的《七修类稿》记载可知，"蒙汗药"将人麻翻的故事，化为小说家言，流传更广，也更

---

　　①《涑水记闻》卷三。

神奇。明代笔记中，对曼陀罗花入酒或它物中，人食后的麻醉性能，时有记载。如，"用凤茄为末，投酒中，饮之，即睡去，须酒气尽乃寤。凤茄产广西，士人谓之颠茄。"①凤茄，即曼陀罗花也。又如，杨循吉载谓："以曼陀罗酿煮鸭，日食则痴。"②再如，沈德符写道："嘉靖末年，海内宴安，士大夫富厚者以治园亭、教歌舞之隙，间及古玩。……吴门新都诸市骨董者，如幻人之化黄龙，如板桥三娘子之变驴，又如宜君县夷民改换人肢体面目。其称贵公子、大富人者，日食蒙汗药，而甘之若饴矣。"③这里，沈德符是从批判富豪生活的奢靡、无聊这个角度谈到"蒙汗药"的。"蒙汗药"一词，成了人们口头上颇为流行的贬义词。这条史实也正是"蒙汗药"在明代风行天下的一个证据。

在清代，"拍花"术盛行。所谓"拍花"，"即以迷药绝于行道之人，使其昏迷不醒，攘夺财物也"④。其实，又岂止是攘夺财务！更可恶的是，以此术毒害、贩卖儿童，虽"天子脚下"的京城也不能免。有首题作《拍花》的诗写道："拍花扰害遍京城，药末迷人在意行。多少儿童藏户内，可怜散馆众先生。"⑤这使人为之瞠目的"迷药"，除威灵仙、精刺豆制的药末，能将人弄得"麻木不仁"，不省人事，曼陀罗花，更是施拍花术的歹徒们炮制"迷药"的重要原料。这对曼陀罗花来说，也真可谓明花暗投，插在

①魏濬：《岭南琐记》。
②《吴中故语》。
③《万历野获编》卷二十六。
④徐珂：《清稗类秒》第三十九册。
⑤《都门杂纂·杂咏》。

贼窝上了。

从文献记载来看，"蒙汗药"的解药究竟是什么呢？明末清初的方以智写道："魏二韩御史治一贼，供称：威灵仙、天茄花、精刺豆，人饮则迷，蓝汁可解。"[①]天茄花与凤茄一样，应是曼陀罗花的别称。据此条记载可知，蓝的汁，能够解"蒙汗药"。明代的谢肇淛，曾转述宋人洪迈的《夷坚志》所载谓："僧有病噎死者，剖其胃，得虫，诸药试之皆不死。时方治蓝，以蓝汁浇之，即化为水。然蓝不独治噎，兼治瘟疫，及解百毒，杀诸虫。"[②]蓝既能解百毒，解"蒙汗药"之毒，当然也就无足称奇了。

1982年8月12日

①《物理小识》卷十二。
②《五杂组》卷十一，物部三。

书海临风

今年春天，文友牧惠兄来电，说他加盟于一套散文（当然包括随笔、杂文）丛书，何满子先生也参加，邀我也编一本。牧惠年长我九岁，借他表扬我时说的一句话——"我向来对他是言听计从的"，于是抽出时间编了一本《老牛堂三记》，以不辜负老大哥的雅意。但万万没有想到，仅仅到了夏天，素来身体很好的牧惠，竟突然去世，令我等朋辈倍感痛惜。牧惠的《沙滩碎语》也就成了遗著。鲁迅先生曾经说过，手里拿着亡友的遗稿就像捏着一团火。《沙滩碎语》的最后一篇文章是《惜别》。莫非冥冥之中，命运之神驱使牧惠以这样的方式向他的读者、亲朋告别吗？每念及此，不胜唏嘘。将亡友的遗著落实出版是对亡友最好的纪念。于是，我不仅邀请牧惠的好友邵燕祥先生加盟本文丛，燕祥兄立刻就答应了，并邀请早在20世纪70年代后期就向牧惠约稿，开始交往的散文家柳萌兄加盟，他很快就编出一本。徐怀谦先生虽然年轻，但是写杂文的好手，是这套文丛的热心催生者，早已编好了一本。有他的加盟，不仅显示了杂文、散文作者的自有后来人，而且也为我们这些老头儿带来了青春活力。

　　当今写散文、杂文的人不少，高手云集，这是好事。但我不喜欢那种"捡个芝麻当西瓜，拄个黄瓜当拐棍"式的浅薄杂文，哼哼叽叽、无病呻吟的小男人、小女人散文。我喜欢厚积薄发的散文、杂文。所谓厚积，一是饱读诗书，二是有丰富的人生阅历。没有这二者的积淀及有机地结合，写出来的作品很难不落入轻描淡写、可有可无、读来过目即忘的俗套。加盟本文丛的作者都是手不释卷者，何满子老前辈、邵燕祥兄、柳萌兄。我本人更在"左"风猖獗、人妖颠倒的岁月里，先后被打倒，九死一生。直到"四人帮"粉碎后，才重见天日，再返文坛。因此，如果说书籍是大海，那么人生也是大海，更是一部永远也读不完的大书。因此，我们写的文字，不过是面对大海临风挥翰而已，这就是本文丛取名"书海临风"的由来。我相信，从本文丛中，既能读出细雨和风，也能读出骤雨疾风。当然，我们都是大海的一点一滴，充其量也不过是几朵浪花而已。

　　时正大雪之后，空气特别清新。严冬来了，春天还会遥远吗？

2004年圣诞节于老牛堂

附录

位卑未敢忘忧国

"我坚信,只要亿万群众都能从历史深处走出来,以现代法制思想武装自己的头脑,以主人翁的身份,敦促建立起真正的、完备的、行之有效的监督公仆机制,我国的反对贪污腐败的斗争,就能收到很好的成效,从而走出反腐败的轮回。"

在再版的《简明中国反贪史》(九州出版社出版)中,著名学者王春瑜先生的这段话振聋发聩。

几年前相比,七十八岁的王老身体欠佳,但依然滔滔不绝、纵论古今,思想之犀利,论事之透彻,令人高山仰止。

十五年前,当王老转向中国反贪史研究时,这是一个乏人关注的冷门领域,学者们觉得学术价值不足,而普通人又少有历史眼光,好不容易编成了书,出版社觉得没市场,干脆将其拒之门外。

人人恨腐败,却人人都不觉得自己应该为反腐做点什么。除了自嘲、恶骂、抱怨和等待,人们习惯了不作为,宁可让铁屋子越扎越牢。中华民族与腐败已经斗争了几千年,可始终未能战而胜之。历史告诉我们,腐败不仅会让一个政权垮台,还会让人民道德堕落,而这样的惨剧怎能再进行下去。可当士的精神凋谢时,还有什么,能带我们挣脱历史与现实的枷锁,获得心灵的解放?

> 病骨支离纱帽宽,孤臣万里客江干。
> 位卑未敢忘忧国,事定犹须待阖棺。
> 天地神灵扶庙社,京华父老望和銮。
> 出师一表通今古,夜半挑灯更细看。

八百多年前,陆游写下了这样的诗篇,他一生不得志,怀抱无以寄托,故在诗中纵情宣泄,再三致意,苦难不能凋谢一个读书人的操守,不能遮蔽他对良治的向往,更不能湮没他"先天下之忧而忧"的情怀。

四面江山来眼底,万家忧乐到心头。读《简明中国反贪史》,非为言辞之美、梳理之密,是为了体会道统、学统的接续,作为后来者,于此可知自身责任之重。

为此,《北京晨报》特专访了著名学者、作家王春瑜先生。

反腐需突破"鬼打墙",没赞助差点胎死腹中

北京晨报:您主编的《中国反贪史》和您撰写的《简明中国反贪史》在今天影响很大,但在当时,这是一个冷门话题,您是

怎么想起做这个的?

王春瑜:那还是十五年前,我这个一介平民,位卑之人,但"位卑未敢忘忧国",虽为布衣,也在忧国忧民。我总觉得,做学问不能做到"乾嘉学派"那个地步,太钻牛角尖了,完全待在象牙塔里,脱离现实。

人不是生活在真空中的,20世纪80年代,中国经济迅猛发展,腐败现象也日趋严重,我觉得很愤慨,看不惯,因为腐败榨取的对象正是我这样的平民,所以决定主编《中国反贪史》。找了几位朋友和后辈参与写作,那时经费不够,但大家一听说这个选题,都很高兴地参与了进来。我想,这是共同的忧患意识使然。

书编成了,却出版不了,找了一家国营大社,本有义务出版这样的书,可人家却问:有赞助没有? 没有赞助没法出。

非常感谢四川人民出版社,将这套书出版了,没想到一下引起轰动,中央电视台"读书时间"栏目为此做了两个小时的专访,这套书还获得了第十三届中国图书奖。

后来我觉得,《中国反贪史》偏学术,而且两卷九十多万字,普通读者看起来比较困难,所以又写作了《简明中国反贪史》。这本书就好出版多了,时间越往后,出版社的主动性就越大,因为人们对反腐的愿望越来越强烈。

皇帝希望臣子贪

北京晨报:从历史上看,我们一直在反腐,可为什么总也无法取得最终的胜利?

王春瑜：因为在皇权制度下，反腐不可能彻底。

明代朱元璋痛恨腐败，不惜采取"国家恐怖主义"，手段特别残酷，比如钩肠、炮烙、剥皮揎草，到今天，我老家盐城一带方言中还有"我把你揎了"这样的话，外地人听不懂，今天年轻人也不知道了，其实就源于剥皮揎草。

可朱元璋死后，到了明中叶，官员竞相贪腐，有法不依，到了明末，人人腐败，王朝崩溃。

清代初期腐败也很严重，王公贵族跑马圈地，就像元杂剧中说的那样，"番将无产业，弓矢是生涯"，打仗是他们的赚钱方式，范文程、洪承畴等对此颇为忧虑。顺治帝后来幡然悔悟，下了"罪己诏"，坚决反贪。可到了康熙，有官员贪污，被人举报，这个官员很得康熙欢心，结果康熙反而斥责举报者：这是皇家自己的事，与汉人何干？还说"水至清则无鱼"。

皇权之下，反腐力度取决于皇帝是否重视，在专制者看来，贪污不是根本性的问题，有些皇帝甚至希望臣子贪财好货。

比如汉高祖刘邦，杀了军事天才、有大功的韩信，萧何颇觉担心，知道离死不远，别人建议他赶快贪污，这样刘邦就不再怀疑他在政治上有所图谋了。萧何果然在长安买了很多房子，转手炒卖，当时刘邦在汉中，派人暗中监视，知道萧何正忙着"黑"钱，果然"龙颜大悦"。

三千年总也走不出"鬼打墙"

北京晨报：可历代皇帝也会抓一些贪官啊，不一定都希望臣子贪。

王春瑜：即使抓贪官，也多是"政治问题，经济处理"，在皇权制度下，说你有问题你就有问题，这种阴暗一直被继承下来，数千年未变。皇帝打贪官，并不是为民除害，而是为了一己私利，明代把刘瑾打下来，可抄家的黄金去哪儿了？并没有放到国库中。清代和珅倒台，他贪的钱又去哪儿了？所以民间说"和珅跌倒，嘉庆吃饱"。

纵览中国反贪史，可以看到这样一个公式：开国之初狠抓反贪，中后期"寻租"之风愈演愈烈，到了执政末年民不聊生，始终无法走出这个轮回。三千年来，这个公式不断在重写，怎么也走不出去，仿佛我们民族遇到了"鬼打墙"，可这世界上真有鬼吗？我想，那是人心中有鬼。

要突破"鬼打墙"，需要法治，要让人民群众充分参与进来，不论是谁，都要接受监督，因为人性是有弱点的，人之初，性本私，不掌握权力时，也许意识不到，可一旦有了权力，一切就都会显露出来。

要权力制衡而非权力牵制

北京晨报：中国古代也有御史、谏官等监督制度，可为何未能有效遏制腐败？

王春瑜：这些监督制度有局限性，因为皇帝的话没人敢推翻，皇帝说谁没贪，你敢跟他较劲吗？只要存在皇权制度，就无法实施有效监督，政权只能走马灯式的兴起与灭亡，要改变这一格局，只能靠分权。

在人治社会中，司法、舆论等是没有独立性的，严格来说，这不是权力制衡,而是权力牵制。在今天,我们要建设的是法治社会,可偏偏很多人一听完备的法治系统、民主机制,就像触了电一样,立刻跳起来反对。

当然,法治社会不是一天就能建成的,西方用了五百多年,我们才开始多久?况且我们的封建社会又是那么长,历史的包袱又是那么重。

草民意识是腐败的帮凶

北京晨报:可以看到这样一个有趣的现象,大家都痛恨腐败,可绝大多数人只是嘴上抱怨一下,很少付诸行动,这是为什么?

王春瑜:在古代也如此。古代反贪是在皇权基础上自上而下进行的,人民群众没有参与其中,这就形成了皇帝意识和草民意识,乍一看,两者有矛盾,其实它们互相支撑、互相依存。

很多老百姓觉得有饭吃、有房子住,也就可以了,觉得争取权利之类与己无关,因而在我们的文明中未内生出对自由、民主的要求。这是很悲哀的一件事,在历史上,农民受贪官压迫最多,可有几个农民主动去举报?因为他们没有那个意愿,不肯自觉地参与到反腐斗争中。不仅如此,许多人从内心中还喜欢上了贪腐,买个县官后想赚回来,肆意搜刮,大家觉得天经地义,如果自己有买官的钱,他也会这么做。

在今天,这种草民意识仍普遍存在,随便一家小单位,领导就是土皇帝,手下人不叫他职务或同志,而是叫他"老大",你要提意见,马上就有人劝告你:"说这话不是找死吗?"

没有政治存在感，没有忧患意识，总觉得反贪与自己无关，反正我也贪不着，管那么多干啥？"抗战"时，在"汪伪"占领的地盘上，我就没见过几个农民骂那些大汉奸的，反正不管谁来，草民都要完粮纳税。

纸质书永远会存在

北京晨报：您正在做《中国反贪通史》这样的大部头，可今天读书的人越来越少，您不担心书出来了，却没有读者？

王春瑜：不少人说纸媒正在消亡，将来没人看书了，我不同意这个看法，确实，网络无所不在，但替代不了纸质媒体。汉字系统几千年发展下来，形成了特殊的文明，我相信年轻一代的有识之士会珍重它，仍然会读下去。有一次我去三联书店，晚十一点半还有很多人在那里看书，还有小朋友，那么晚了，他们只能打车回家，但大家依然在阅读。纸质书永远都会存在，因为它是中华文明的重要组成部分，关键看书的质量如何，读者对品质、价值的追求，没人可以阻挡。在今天，相当一批读者喜欢看有内容的东西，而那些小资的、无病呻吟的东西虽然也有人看，但看完就没了，留不下什么。

以史为鉴，继往开来

北京晨报：您一生坎坷，晚年不享清福，写这些可能得罪人的书，是否有点不划算？

王春瑜：在"文革"中，我丧失自由近七年，这段时间让我彻底反思，清代有宁古塔，是流放罪犯的苦寒之地，时人说"从此地走一回,胜学道三十年",没有经过事的人,是无法明白为什么这么说的,幸亏我出身贫农,否则就完了。"四人帮"爪牙让我写检查,我就是不写,反正一样是挨整,驴倒架子不倒,不能像狗一样。最后说我是"王犯春瑜,思想反动"。

学历史的好处就在于能看明白很多事,在历史上,自认"莫须有"的罪名,一样是没好下场的。

我研究反贪史,其实也是想以史为鉴,希望敲敲警钟,千万不要像历代王朝那样,表面上在反腐,可没在根本上反,人民群众没参与进来,结果被历史轮回掉。我希望中国能走出这个公式。

老师提问学生有啥不正常

北京晨报:虽然腐败亡国,但从历史上看,绝大多数王朝还是因军事失败导致的灭亡,可不可以这么看,只要军队实力够,腐败也不那么可怕?

王春瑜:在今天,持这种看法的人不在少数,其实很荒唐,历代皇帝都把宝押在军队上,可没有一个有好下场的。秦始皇的军队从实力看,在当时要排在全世界第一,却二世而亡,如果有了强大的军队就可以解决一切问题,我们今天还生活在秦王朝,政治腐败了,军队有什么用? 那是根本靠不住的。

北京晨报:您的这本书,应该让更多的领导干部看到。

王瑜:他们有很多看过,而且我也做过很多讲座,在国家图书馆举办的"部长论坛"上,给一位国务委员、六十一名部长演讲过。在这种场合，不少老师是事先写好稿子，结结巴巴地照着念。我只有提纲，没有讲稿，却侃侃而谈，滔滔不绝，有位副馆长跟我说，你怎么不紧张？他们都是领导！我说，我为什么要紧张？我是讲课老师，他们是学生。从这桩小事就可以看出来，草民意识影响之大之深，在许多地方都存在。

（《北京晨报》记者陈辉先生采访）

学究慨世说反贪

——答《文汇报》记者周毅

问:王先生,这次您以一个明史专家的身份汇集了一批史学家,写作了一个融历史感、现实感、忧患感于一体的题目,让我想起一句也许有些不恭的话——"学究慨世"。不过接下来我要说一句很恭敬的话,来自国际反腐组织的共识是:没有市民社会的介入和参与,反腐是不可能成功的。也许这部书的自觉写作正让人看到了这样一种希望的征兆。能不能先介绍一下这本书的写作背景和您写作这本书的由来?

答:谬承夸奖,谢谢。我出面组织史学界的同行,写作这部《中国反贪史》纯粹属于个人行为。没有任何部门请我做这件事,我也没有向任何部门申请过一分钱的科研补助。你知道,仅就史学界而言,现在申请各种科研经费的人很多,有的人混上芝麻绿豆官后,更利用职权拿到上万元、数万元的出版补贴,可是学风粗疏。有的书刚出版就被专家、学者抨击为废书,出版社只好化为纸浆。说真的,我是完全以民间百姓的身份来做这部书的。四年前,我就决心编这部书。虽说我是研究明史的，但史学界的一些朋友都知道，我读史的范围比较广，秦汉以来的政治史、文化史，我都有兴趣。魏晋至清朝的文集、笔记、野史，我读过不少。我在治史之余，写了大量杂文、随笔，已经出版了七本集子。难以想象，一个不关心现实政治的人，能够写出像样的杂文。因此，我利用各种机会接触、了解社会。从20世纪80年代后期以来，贪污、腐败的毒瘤有越长越大、不断扩散之势。这是党和国家的大患，百姓对此深恶痛绝。我是一个受过严格训练、长期坐惯史学冷板凳的人，传统史学赋予我强烈的忧患意识。但是，作为蚩蚩小民，我又能做什么？古代有两句诗："衣冠不论纲常事，付与齐民一担挑。"就让我这个小民"一担挑"好了！当然，挑这副担子并不轻松。落实作者就费了很大的劲，其中有几位是史学界的名流，忙得不亦乐乎。他们从参加写作到完稿，是出于对反贪事业的热忱，当然也是对我友情难却。我非常感谢他们，特别是王贵民、邱树森、孟祥才、刘精诚、张全明这几位专家。须知，他们在写作本书时，我连一张稿纸也没有提供。我只提供了全书的框架构思，如此而已。落实出版社也并非一帆风顺。我在后记中已经写了一点，实际上要曲折多了。后经在四川人民出版社出版过《彭德怀在三线》的家兄王春才介绍，我给该社邓星盈社长打电话，他当即决定出版，并感谢我把这部好书交给他们。打完电话，我真有天涯遇知音之感！但这部书未能在首都出版，我总觉得是个遗憾。

问：这部书按朝代分章介绍了我国历史上每一朝的反贪机

制、反贪实践以及反贪启示，让人看到其实历代统治者在反贪方面做了大量工作，但这还是不可避免地让您在通读了这部史书后发出了"贪官何其多，清官何其少，反贪何其难"的三叹，您认为其中的根源在哪里？

答：说到贪污的根源，我以为涉及一个理论问题：贪污究竟从何而来？谁都知道，贪污既是出现私有制后的产物，也是一部分人性恶（自私、贪婪）的产物。世界各国概莫能外。但是，我国封建社会的资格之老、寿命之长，在全世界都是罕见的。而说来无奈的是，一部中国封建社会史，严重的贪污、腐败一直如影随形，贯彻始终，以至于前辈学者王亚南先生曾慨乎言之，一部二十四史"实是一部贪污史"。何以如此？我认为迄今为止，还是半个世纪前，王亚南先生在名著《中国官僚政治研究》第十篇中的分析最为深刻："中国士宦的做官发财思想是中国特殊的官僚封建社会的产物。做官被看成发财的手段，做大官发大财，做小官发小财……专制官僚统治，一定要造出官、商、高利贷者与地主的'四位一体'场面，又一定要造出集权的或官营的经济形态，更又一定要造出贪赃枉法的风气，而这三者又最可能是息息相通，相互影响的。它们连同作用起来，很快就使社会经济导向孟轲所预言到的'上下交征利，而国危矣'的大破局。"值得注意的是，最近原攻历史学、后攻政治学的白钢研究员，在著文谈《中国反贪史》时，用寻租理论或"公共选择理论"剖析贪污腐败，指出："贪污贿赂是租金在政治市场中的一种存在形式。只要有租金，就必然有寻租行为。"（2000年8月12日《文汇读书周报》）这是个很好的分析。以皇权不可分割为核心的家天下、官本位主宰的中国封建社会政治市场是那样大,那样久,那样盘根错节,以致我们读了反贪史后掩卷沉思,不能不慨然长叹。这是中国历史的悲哀,也是国人的悲哀。

问:我国历史上确实是用了很多严刑峻法来惩治贪贿,像朱元璋时期等,这让人想起马克·吐温有一句话:"有各种抵制诱惑的好办法,不过最实在的还是怯懦。"你认为是不是这样?

答:恐怕问题没有这么简单。道德的自我约束不是万能的。人很难超越自我。关键在于有没有一个真正独立的、行之有效的、并能持之以恒的监督机制,以及清廉的氛围,这才是抵制诱惑的有效途径。就后者而论,倘若海瑞的老婆是个财迷或贪赃枉法者,成天在饭桌上、枕头边向海瑞猛吹贪风,海瑞未必就能大节不稍亏,两袖常清风。在腐败的温床上稍不留神,怯懦者也能变成胆大妄为者,贪财使他灭亡,但首先让他疯狂。历史上这样的例子,何尝少见?

问:在您主编的这部书里,有一个"反贪文化"的提法,那么是否有一个"贪贿文化"的存在? 在国际反腐组织透明国际的一篇文章里,我注意到他们有一个说法,指出反腐首先要破除腐败是一种文化的神话,您对这话怎么评价? 对破除这种神话您有没有信心?

答:我不赞同"贪贿文化"的提法。贪污受贿者,虽然也诡计多端,变换手法,但说到底不过是以权牟钱而已,有何文化可言? 我很欣赏"反腐首先要破除腐败是一种文化的神话"这种提法。我对破除这种神话充满信心。事实上,一部中国反贪史,在一定程度上说,也正是一部破除这种神话的历史。我愿特别指出,谁要是仅仅看到中国历史上贪污腐败猖獗,难以走出反腐败的轮回,就把中国历史看成一团漆黑,那是大错特错了。光明的一面——包括反贪斗争中可歌可泣者写下的光辉篇章,始终是中华民族历史的主流。总结历史上的反贪经验,给今人提供借鉴,目的正是让人们更有信心地面对新的世纪,开创未来的新局面。

问:在"反贪史·清朝"部分,写作者卢经在"反贪启示录"里总结贪污屡禁不止的一段话令我印象深刻,他说:"封建官僚制度的弊端是官吏侵贪屡禁不止的根源。中国封建官僚制度以专制君权为核心,存在着政治上严密的人身依附关系……属下的政治生命掌握在上司手中,奖惩黜陟、升迁均由上司的好恶来决定。属员为了逢迎上司不得不采取各种非正常手段",而"政治系统的运作受传统文化的支配。中国的传统文化是一种亲族型文化,其具体表现为'在家尽孝,为国尽忠'……君主对臣僚的要求首先是忠,其次才是廉,廉洁与否仍然由君主来评判,一切以君主的政治需要为定。"编写这部书,你们是想树立起一面历史的镜子,除了卢经先生的这段话,您认为还有什么经验可供我们现实吸取的?

答:卢经先生的这段总结确实很好。但我要指出,本书各章都有"反贪启示录",对一代王朝的反贪经验、教训做出了扼要的、然而是相当深刻的总结。我希望读者,特别是为政者,能够把各章的"反贪启示录"认真读一下。读后就能明白,前车之鉴太多,千万勿蹈覆辙。人们可要警惕呵!

问:您对读者还有什么话可说吗?

答:欢迎读者严格审视本书,提出宝贵意见。我愿借此机会,感谢新闻界的朋友们对本书的关爱。让我们携起手来,为反贪大业尽心尽力。

2000年8月22日夜

王春瑜和他的《中国反贪史》

  2015年7月,78岁的历史学家、中国社科院历史所研究员王春瑜主编的《简明中国反贪史》再版,三百多页的容量以简驭繁,这是国内首部概括总结从先秦到民国的反贪启示录。

  知名时评家鄢烈山评价:"从上古贤王商汤久旱时的祷告词,可知贪腐是人类社会的顽疾。这部著作告诉我们,列祖列宗在澄清吏治方面的不懈探索。存亡非天定,兴衰岂无凭,历史的经验教训不可不察。"

  此书的再版,指向了一个终极问题:虽历代王朝兴亡更替的原因各不相同,但贪污腐败如蚁啮柱,久而久之,柱朽如渣,华屋遂轰然倒塌。在君主专制时代,反贪犹如"割韭菜",割了一茬又长出一茬:开国之初狠抓反贪,中后期"寻租"之风愈演愈烈,到了执政末年则是民不聊生,始终无法走出轮回怪圈的尴尬。

  8月10日,王春瑜接受《廉政瞭望》记者的采访。在一个多小时的问答中,他侃侃而谈,纵论古今,言辞锋锐,不时直指当下。

说皇权：太上皇不能退而不休

廉政瞭望：纵观全书，展示和分析了中国几千年来的贪腐和惩贪双方的博弈和演变，但似乎皇帝的意见，才是对惩贪治腐的最大推力？

王春瑜：在古代，贪污腐败的问题就像帝国的孪生姊妹一样，始终随着帝国在一同发展。皇帝的个人品质、性格，对整个社会的影响是很大的。崇祯皇帝的反贪算是有名的了吧，但他的刚愎自用反倒给国家带来了巨大伤害。

我们通常爱关注人的问题，从人的因素上找原因，如皇帝的坚持啊，清官的示范啊，但很少去厘清制度上的问题。人的作用，始终是有限的，很多皇帝在执政前期都励精图治，但在后期就不行了，像唐玄宗、清高宗（乾隆皇帝）在执政之初尚能创造出开元盛世、康乾盛世这样的局面，但恰恰国家的贪腐和下行，正是自他们开始。

廉政瞭望：书中提到，乾隆一方面鼓励举劾贪官，另一方面又暗示那些反腐的官员交"议罪银"免罚，怎样理解乾隆这样前后变化很大的原因。

王春瑜：乾隆在位的六十年，堪称有清一代立法惩贪最为严厉，也最有建树的时期，但他的反贪只是为维持统治与官僚财富分配而展开的利益冲突。比如他在当了太上皇后，仍然退而不休，宫中时宪书用乾隆年号，任用"奸臣"，嘉庆皇帝也没办法,反而是做什么都要向他请示。有时候乾隆早上发布一道命令,结果下午就忘了,晚上重新下令却和早上那道命令冲突,让大臣们无所适从。

廉政瞭望:照理说普天之下,莫非王土,天下的一切都是皇帝的了,但为什么很多皇帝还很贪财?如汉灵帝就开了个卖官交易所,明码标价公开售官。

王春瑜:这可能源于一些人的本性。很多人注意到汉灵帝,却没有注意到秦始皇。其实古代最早卖官鬻爵的是秦始皇。秦始皇四年蝗灾大疫,他就下令,准许百姓交纳粟米够千石者,晋爵位一级。秦始皇的穷奢极欲让各级官吏上行下效。在他崩逝后监察机制骤然废弛,则让民怨沸腾,秦朝瞬间灭亡。后来的清政府更是公开卖官鬻爵,让捐纳成为中央及各省地方军饷的重要来源。

谈经验:法治优于人治

廉政瞭望:纵向来看,哪一个朝代的政治最为清明,贪腐情况也抑制得最好?

王春瑜:没有一个朝代自始至终都能保持绝对的政治清明,几乎每个朝代,都存在着开国之初狠抓反贪,中后期"寻租"之风愈演愈烈,到了执政末年则是民不聊生这样一个轮回怪圈。

如果非要选出一个时期,那我认为是隋唐时期。在这个时期的法律非常健全和完备,几乎没有一个皇帝公开否定法律而一意孤行,如唐太宗即使要法外开恩,也要找理由,且申明不得引以为例。隋唐时期,对实职官吏的量刑都要重于平民和一般官吏,如隋文帝时期,官员独孤师只因接受蕃客赠送的鹦鹉,就被处以死刑。

另外,此时经济管理的规范化和制度化,对于防止官吏以权谋私也有很大作用,比如在一些苛捐杂税和临时性征调上,用两税法把杂税合并到了正税,就可以避免官吏欺上瞒下,中饱私囊。

靡政瞭望:那么,要抑制王朝中期慢慢滋生的"寻租"之风,有没有什么好的办法?

王春瑜:有,那就是改革。历朝历代开国时都要立法,里面都会涵盖监察方面的内容。但每个朝代进行到中期,很多法律内容需要修订。这就出现了一些改革家。历史上有不少名垂青史的改革家,但其中有些人,结局悲惨。一个很重要的原因,就在于他们出污泥而有染,忘记赃乱死多门。他们一方面从事政治、经济改革,一方面自己又以权谋私,贪污受贿,从而授人以柄,为反改革派的反攻倒算,打开了缺口。

如西汉的桑弘羊改革盐铁官营专卖,对工商业的发展有着巨大影响。但他居功自傲,处心积虑为自己的兄弟谋取高官厚禄,贪欲恶性膨胀的结果,最后竟与上官桀等人勾结谋反,败露后被杀并灭族;张居正的改革也对澄清吏治、抑制贪风有很大作用,但他自己未能身体力行,让这样的改革大打折扣。

廉政瞭望:放在世界反贪史中横向来看,中国有没有什么独门绝招呢?

王春瑜:特别值得一提的就是"封驳"制度,这在世界监察史上都是很特别的。皇帝下一个诏书,门下省如果认为不妥,可以把它封驳,也就是把皇帝下的命令挡回去,甚至可以涂改诏书,在诏书上批示。唐宣宗时有个大将军叫李燧,被皇帝任命为岭南节度使。当时诏书已经发下去了,但给事中萧放发现李燧这个人有很多问题,他在诏书上写了两个字"不妥"。然后就去找皇帝,并列举种种理由。皇帝听了萧放的一番解释后,觉得这个任命确实不合适,便赶紧当场叫一个伶人骑快马去把诏书追回来。现在如果上级领导发布了一个任命书,下级认为不妥,给退了回去。可能吗?

廉政瞭望:那么,古代那些反腐手段最为有效,今天仍可借鉴?

王春瑜:绝对权力可能造成绝对腐败。古代牵制权力的制度要说简单,就是台谏制度。"台"就是御史台、"谏"就是谏官,御史是监察百官的,谏官是对皇帝进言的。中国历史上的御史,谏官和封驳制度是被几千年历史证明过是好的做法。

现在对一把手的监督是难点,我曾在给一些部长讲课时,提出过纪委书记在同级党委中排序过低,很难起到监督作用。在我给中央纪委做过的课题中,也曾提过可派出若干名处长级人选,进驻各省,监督省委书记一级大员,直接向党中央负责。

议官声:总是清官少,贪官多

廉政瞭望:古代的官员的官声和他的仕途有无直接联系?

王春瑜:有些朝代很看重老百姓对官员的评价,如东汉甚至把民谣作为升迁官吏的重要依据,有的贪腐大案就是由民众首先揭发出来的。明初甚至允许老百姓把地方官绑赴京城"问罪"。

但在分裂和战乱时期,这方面的影响就很弱,五代时赵在礼在宋州做官,贪暴至极,百姓苦不堪言,后调往他处,百姓互相祝贺,说:"拔掉眼中钉了!"不料消息传到赵在礼耳朵里,他向上司要求。仍调回宋州,每岁户口,不论主客,都征钱一千,名曰"拔钉钱"。宋州父老哭笑不得。

廉政瞭望:老百姓喜欢清官,但翻遍历史,为什么古代真正意义的清官那么少?

王春瑜:清官少的原因之一,首先是难过家庭关。明代王恕历任刑部侍郎、左都御史、吏部尚书等职,掌权五十余年。但他的儿子见他两手空空,面露难色。王恕对他说:"你怕穷是不?咱家历来有积蓄,不需要做官时像粮仓里的老鼠那样。"他引其子到后宅,指一处说:"这里是藏金的地方,有一窖金。"指另一处说:"这里是藏银的地方,有一窖银。"王恕死后。其子去挖掘,"皆空窖也"。为保持清廉品节,王恕真是煞费苦心。

其次,清官的精神风貌,还不止于清廉自守。他们不惜丢掉乌纱帽,甚至不惜牺牲身家性命,与贪官污吏、豪强权贵抗

184

争;更有甚者,敢于批逆鳞,犯颜直谏,抨击皇帝的误国政策、荒唐行为。如宋代的包拯,进谏时反复数百言,言吐愤疾,溅了仁宗皇帝赵祯一脸唾沫星,直到他将错误任命"罢之"为止。但在明代,皇帝被进一步神化,导致君臣隔阂,大臣见皇帝,竟以召对为可怪,一逢召对,便手足无措,只知道连呼万岁,赶紧磕头。而至明中叶后,某些大臣觐见时简直如坐针毡。甚至当场吓得昏死过去,大小便失禁。

(作者是《廉政瞭望》杂志记者)

历史小说的阅读及评奖

——答《海南日报》记者

四十年前,姚雪垠以一部《李自成》震烁文坛,成为当代文学史上长篇历史小说创作的开山人。四十年后,斯人已矣,而根据其生前夙愿设立的"姚雪垠长篇历史小说奖"已见规模,其首次评奖结果日前揭晓于京华,长篇历史小说的创作受到了人们更多的关注。

此次评奖由中华文学基金会和中国青年出版社共同主办,此奖每四年评选一届,每届限评两到三部获奖作品。此次评选范围为新时期以来至2000年6月出版的长篇历史小说,由于考虑到在这样大的时间跨度下优秀作品较多,故此次评选在数量上突破了原来预定的限额,共选出唐浩明的《曾国藩:血祭·野焚·黑雨》、凌力的《梦断关河》、熊召政的《张居正·木兰歌》、颜廷瑞的《汴京风骚:晨钟卷·午朝卷·暮鼓卷》、二月河的《乾隆皇帝(六卷)》五部作品(排名不分先后)。

历史小说读者众多,影响日深。本报特刊发本次评奖的评委、历史学家王春瑜先生的答记者问,以期对读者了解历史小说的创作背景有所帮助。

问：您读小说吗？历史小说对您有什么影响？如何评价《李自成》？

答：读一些小说。但因为忙，主要是读《小说选刊》。我从中挑感兴趣的小说看。历史小说读过不少，国外的如《斯巴达克斯》，但主要是读国内的历史小说。童年时代，我读过大量的历史演义。九岁那年，因病在家休养，从邻人处借得连环画《隋唐演义》，深深吸引了我。后来又千方百计看到了历史小说《隋唐演义》。时值抗战，我家僻居建湖贫穷水乡，周围有敌、伪、顽，当时要找到一本好书读相当困难，"千方百计"云云，并未夸张。这本小说及其改编的连环画引起我对历史的浓厚兴趣，我在20世纪80年代写的《我的史学观》一文中，曾说起它对我成年后走上读史、治史的道路起了启蒙作用。接着又读了《精忠说岳》，心灵深处受到了爱国思想、忠奸如水火、政治冤狱令人悲愤难平的强烈震撼。十一岁时，我才有机会读到《水浒传》。它使我眼睛一亮，感到阅读、欣赏能力上了一个新台阶。《水浒传》对人物栩栩如生的刻画，以及对环境简练却很生动、形象的描写，对于我的文学修养起了重要的熏陶作用。姚雪垠先生的《李自成》是第一部描写波澜壮阔的明末农民战争的历史小说。虽然，这部小说明显地带有时代的烙印，我在80年代与姚老就《甲申三百年祭》的评价在《光明日报》等报刊上打笔墨官司时，曾尖锐地指出其不足（按：今天看来，我的用语也许失之尖刻）。但是，作者对战争场面——如潼关大战的描写，对人物心灵的刻画——如张献忠、郝摇旗、卢象升、慧梅等的精心描写,非大手笔不能为也!《李自成》是长篇历史小说的里程碑,对新时期以来历史小说的创作,启其先河。

问:您看到历史小说中严重违背历史真相处,心情如何?什么时候感觉不错?

答:如果觉得离谱到荒谬的地步,则会批上:扯淡!这就使我再一次感到,文史不能分家。作家如果没有起码的历史素养,如某散文作家写出来的作品,不仅会捉襟见肘,还会频出硬伤,徒增笑柄。严重的更会曲解历史,误导读者。但我没有愤怒过。小说家言,即使写得再荒唐,为之生很大的气根本不值。史学研究是理性的研究,史学家都比较理性。我也不例外,无论是研究、写作、阅读,都不会太激动。我读历史小说时,看到某个我熟悉的历史掌故竟被作者顺手牵羊,巧妙地写进其作品了,而且天衣无缝,或替古人代填的诗、词、曲几乎乱真,以及绝妙的描写令我微笑或几欲泣下,这都是我对作品满意的时候。

问:历史小说对您的史学研究有启发吗?

答:深受启发。童年时读《水浒传》,我对蒙汗药感到颇为神奇。及长,读大学、研究生时,一直注意搜集相关史料。20世纪70年代后期,在好友、老学长、科学史专家胡道静先生的启发、敦促下,我写出《蒙汗药之谜》《蒙汗药续考》,引起学术界的注意。1985年年底香港中文大学举办第一届国际武侠小说研讨会,我的与会论文是《论蒙汗药与武侠小说》,受到好评。又如历史小说中的江湖黑话、令人莫名其妙的各种器具、行话等,都启发我搞清其来龙去脉,写出好几篇相关文章,均已发表了。毫无疑问,一部好的历史小说肯定能在不同程度上,激发某些学者的学术灵感。

问:您是怎么当上"姚雪垠长篇历史小说奖"评委的?

答:两年前,我接到了"中华文学基金会"的书面邀请。事后我了解到,评委名单经过中国作协党组研究后才定下来。有位作协领导提出,评历史小说奖应当有位懂文学的历史学家参加,并提名我。党组其他成员表示同意。这是新中国成立以来第一次对长篇历史小说评奖,很有意义,我就答应了。姚老一生创作甚丰,小说成就尤大,晚年忧患意识更浓。设立此奖,对他也是个欣慰的纪念。

问:您对这次评奖有何评价?

答:文学界的评奖多了!他们大概认为史学家很冬烘。我在学术界、文学界、新闻出版界有不少好友。对某些评奖活动中的腐败、猫腻,知道不少。因此,比较起来,我敢说这次历史小说评奖是认真、严肃、公正的。江晓天先生、蔡葵先生都已年过古稀,蔡先生还做了脑部大手术,但仍坚持读完小说,参加投票,难能可贵。其他评委也很认真。虽有意见分歧,甚至争论激烈,但多数评委的价值取向还是相当一致的。我对评奖的结果感到满意。

问：您作为明史专家参与小说评价，感到困难吗？

答：我不敢以明史专家自居，只能说我深入研究过的问题较明白，没深入研究过的问题就不大清楚。因此，我常说我对明史是也明也不明。对于这种角色的转换，我并不感到困难，因为我坚持这一条：历史小说必须是历史真实与艺术真实的统一。简言之，便是可信、好看。

问：少年儿童读历史小说，该注意什么？

答：最好读缩写本，如《水浒传》《红楼梦》，等等。少儿辨别是非的能力很有限，要注意别让凶杀、打斗、色情之类的描写侵害他们的心灵，影响其健康成长。

2003年8月27日于北京

历史是一面镜子

——答《中国纪检监察报》记者王乐乐

主持人：2000年，四川人民出版社出版了一部由您主编的《中国反贪史》，在社会上引起了良好的反响。当时怎么想起要做这方面的研究？

王春瑜：改革开放以来，我们国家的经济建设取得了巨大的成就，这是有目共睹的。但同时，一些社会问题也逐步显现，尤其是经济领域里的腐败现象，引起了老百姓的不满。20世纪80年代后期，我从主要研究明史转向研究中国政治史和中国文化史，视野也开阔多了。客观上，史学研究要求"今古一线牵"，"究天人之际，通古今之变"，这也是太史公司马迁开创的传统。主观上，作为一个有作为的历史学家，都具有一种忧患意识，就是对国家、民族历史命运的深层思索。这也是一个学者起码应该具备的一种品格，陆游有一句诗，"位卑未敢忘忧国"，很好地诠释了这种意识。我自己的研究始终贯彻一条线索，就是批判封建专制主义。正是这种忧患意识，促使我在退休以后，在没有申请一分钱课题费的情况下，来做这个工作。我深知要靠我一个人的力量是无法完成这个任务的,好在我有一批志同道合的朋友和我一起来做这项工作,他们学有专长,学风严谨,比如邱树森是研究元蒙史的专家,王贵民是研究先秦史的专家,刘精诚是研究魏晋南北朝史的专家。他们同样也是怀着一种责任心来做这个工作。书编好以后,四川人民出版社的领导很敏锐,欣然接下来。书出版后,社会效果非常好,几十家媒体都报道了,《光明日报》还开了座谈会。该书获得了第十三届中国图书奖。要说起来,这本书也为反腐倡廉起到了一点点作用吧。

主持人:一部《中国反贪史》,洋洋九十万言,请简单介绍书的内容。

王春瑜:我在最初就想把这本书做成高水平的学术著作,学术性强,科学性也就强。这本书分上下两册,九十余万字。后来出了普及本,叫《简明中国反贪史》,三十余万字。这本书一共有这么几个部分:首先是我写的一篇序言。下面是按朝代一个一个写,上起先秦,下迄清朝,每个朝代的后面都有一个总结,讲这个朝代反贪的特点对我们的启示。后面附了一个中华民国反贪史提纲。我的序言差不多是我对中国反贪史的全部体会,包括这么几方面的内容:一、中国历史上为什么清官那么少? 二、中国历史上为什么贪官那么多? 三、改革家与反贪的关系,历史上的改革家为什么都是"出师未捷身先死",自己也纷纷中箭落马。四、结论:王朝的兴衰变成一个循环,就像毛泽东和黄炎培谈话时说的周期率一样,中国的反贪史也有一个公式,也可以叫作周期率:这个周期率和那个周期率是互为表里的,就是王朝初年,鉴于前朝的教训,狠抓反腐败,腐败得到遏制,到了王朝中期,腐败滋长蔓延,反腐败的力度却不如从前。到了王朝末期,根本就不反腐败,老百姓只好自己起来反腐败,把这个王朝推翻。新的王朝开始了,又重新演绎一遍这个公式。我们现在在中国共产党的领导下反腐败,应该走出这个公式,这才是我们的历史使命,也是我们编这本书的目的。

主持人:根据您的研究,中国古代的反贪实践有什么特点?

王春瑜:中国古代的反贪是以皇权为核心的,实行高度封建中央集权体制,自上而下开展的,不是由人民群众推动的自下而上的反贪,这就注定了:一、他既可以在法制的轨道上,也可以不在法制的轨道上来进行,而且到后来完全背离了法制轨道。所有的封建法典都是保护皇帝和皇族利益的,皇帝是"口含天宪",皇帝的话就是最高的法律,反不反贪,什么时候反贪,反贪进行到什么地步,全是皇帝定的。举个例子,比如清朝康熙皇帝,开始他反贪,到中期他就不反了。为什么?他说,"水至清则无鱼"。另外,他认为如果抓出来的贪官太多,说明他是个昏庸的皇帝。他既不想清官很多,更不想贪官太多,因为很多案子都与他的亲戚、亲信有关。因此,他的反贪有很大的局限性。二、封建王朝的反贪常常变成政治斗争的工具,反贪只不过是个手段,而不是目的。在封建社会,相当程度上是无官不贪,但是究竟要把哪一个贪官抓出来,这就要服从皇权统治的需要。你不忠于皇帝,那我就把你抓出来,你就是贪官。还是举清朝的例子,和珅是贪官,乾隆皇帝是知道的,但他认为和珅是心腹,所以不抓他。乾隆死了,嘉庆要抓他,也并不是真要反贪,而是为了树立自己的权威。另外,当时国库空虚,抓了和珅也可解燃眉之急。所以有"和珅跌倒,嘉庆吃饱"的说法。中国古代反贪实践分两个方面,一个是由官府推动的,就是我上面介绍的。还有一方面,就是人民自发的反贪。每个王朝自始至终都贯穿了大股小股的农民起义。农民为什么起义?就是官府太腐败,老百姓没法活,被逼上梁山了。这股人民自发的反腐败力量对于整个封建王朝的反贪起了推动作用。到了王朝的末期,大股小股的农民起义就变成了大规模的农民战争了,最后推翻反动腐败的王朝。但有一个问题,农民推翻的只是一棵大树,树根却并没有铲除,所以很快它又长出腐败的新芽来,变成一种历史的重复。这就是历史的局限性,也是历史的悲哀。我研究的中国反贪史主要是指第一种形态的反贪史。

主持人:有哪些经验值得借鉴?还有哪些教训值得汲取?

王春瑜:一、中国古代有比较完备的反贪法律。中国的法制史在世界上是自成体系的,相当完备的。像古罗马,埃及也有他们的法典,但是延续的时间没有我们这么长。我们的历代王朝都在不断地修法典,如此系统,时间延续如此之长,绵延不绝,中国无疑是独一无二的。中国的法典有文字记载的从商朝开始,到了秦朝法典就比较完备了。所有这些法典内都有反贪污、防止腐败的内容。甚至暴君如隋炀帝,他制定的《大业律》里面,关于防止贪污和反腐败的内容都很完备。二、中国古代很重视对权力的监督制约。很早就有监察系统、御史制度、弹劾制度。而且有些制度是很特殊的。明朝有三法司,设六科,六科给事中相当于现在的科长,却可以监督尚书——也就是现在部长一级的官员。为什么要给给事中这么大的权力? 为的就是要加强对权力的监督制约。现在看来,对历史上中国监察制度的研究虽然已经有了不少成果,但仍然不够,这里面一些好的经验,应该加以总结。

主持人:要说反贪的措施,明朝好像是很严的。明朝的开国皇帝朱元璋为此还杀过驸马,甚至使出了活剥皮的酷刑。请简单介绍一下这方面的情况。

王春瑜:明朝初年,朱元璋曾经从重从快来反贪污腐败,可以说用了非法制的手段。这一方面有当时形势的需要,元朝末年太腐败了,有了这个教训,朱元璋就用严刑苛法来惩治贪污腐败,杀了不少贪官,贪污腐败之风一时有所收敛。但这完全是离开法制轨道的,是"法外之法",是不可取的,太残暴了。现在有的史学家为朱元璋辩护,那是毫无道理的。酷刑太可怕了。"剥皮揎草"把人皮剥下来,把草填充进去,然后把它挂在衙门口,朱元璋确实干过这样的事。此外,朱元璋还使用过"炮烙""钩肠""刖足""凌迟"等酷刑。"凌迟"要割三千多刀,如果规定的刀数还没有割够,受刑人就死了的话,刽子手就要反坐。这些做法简直就是"国家恐怖主义"。朱元璋还向全国颁布《大诰》——实际就是他的语录,要求官员照着去做。可笑的是,他甚至组织全国各地的读书人和官员到南京来举行背《大诰》比赛,看谁背得好。用《大诰》来代替法律,就可以看出皇帝为所欲为。朱元璋的这些做法,在很长的一段时间内,给人们留下了非常严重的"精神恐惧症"。晚年,朱元璋有所醒悟,酷刑都废除了。他死后不久,《大诰》也没人背了,慢慢地也就没有用了。正所谓人亡政息。这段历史从反面告诉我们:反贪一定要在法制的轨道上来进行,离开法制轨道的反贪或许可以收到一时之效,但长远看终究会给历史留下一声长叹。

主持人:明朝政府在加强中央集权的过程中,也建立起了一套监察体系,具体情况是怎样的? 对我们今天有什么启发吗?

王春瑜:明朝主要采取了唐朝和宋朝的监察制度,在此基础上加以发展完备。明朝对官员的考核也是一种监察,明中期以前,每三年都要对京官、地方官"京察""大计",对官员进行考核。比如,年龄大了,身体不好,就不能再干了。在一个地方干了三年就要调走,还有回避制度,等等。总之,明朝对官员的考核比前朝要更完备、更制度化。但很可惜,到中期以后就很松弛了,不去很好地执行了。

主持人:研究明史就不能不提张居正,怎样评价张居正?

王春瑜:张居正是中国历史上非常杰出的政治改革家和经济改革家,有很大的贡献。张居正处在明朝中期,朝纲松弛,官员不作为现象严重。为了治理这种现象,他搞出了一部《考成法》,限令官员在规定的时间内办理完公务,否则重罚。此法对于明王朝提高行政效率大有益处。加上他推行的其他改革措施，成效明显。张居正执政时期是明王朝历史上政治最稳定、经济最繁荣的时期。可他死后，万历皇帝抄了他位于现在北京王府井纱帽胡同的家，还扬言要扒他的坟墓曝尸。万历皇帝为什么这么恨张居正？因为万历皇帝十岁登基，张居正辅政，他与李皇后、太监冯保结成三角同盟，分享了部分皇权。加之张居正因为大力推行改革得罪了很多人，所以他死后，万历皇帝就报复。万历皇帝很贪财，有人上疏指责他酒色财气，贪财好货。他先抄了冯保的家，抄出来不少金银财宝。有人说，抄张居正家会更多，结果并不是这样的。后来的事实也证明了这一点。"文化大革命"中，张居正的墓被挖开，棺材是很普通的棺材，也没有什么陪葬品，有一根玉腰带，烂得只剩下几片玉了，还有一方砚台。最近，湖北省和荆州市筹集资金300万元，已修好张居正墓园。我应邀去参加了研讨会并剪彩，很高兴。武汉作家熊召政写了一部长篇历史小说《张居正》，可以看看。

主持人：您在《中国反贪史》的序言中，提到过关于改革家与反贪的关系，张居正似乎是个很好的例子，请具体说明。

王春瑜：无论是改革也好，还是反贪也好，都必须取得人民的支持，没有取得人民支持的改革和反贪都是不可能成功的。在官府推进的反贪中，因为没有人民的支持，所以有很大的局限性，往往功败垂成。自古以来的改革家在失败以后，也很少有老百姓去为他们请命的，而且改革家的结局多半很悲惨，所以，不是人民需要的改革和反贪，或者说没有得到人民支持的改革和反贪注定是要失败的。还有，改革家既要改革别人，也要改革自己，既要反别人的腐败，也要反自己的腐败。张居正自己虽然不贪，但他没有管好身边的人。他的一个叫游七的门客，就打着他的旗号干了很多坏事。他的父亲和儿子在家乡也有不法行为，加上张居正个人生活不检点，这些都给反对改革的人提供了口实。

主持人：我知道，您的研究方向是明史。那么研究断代史与研究一个方面的通史，在方法和要求上有什么不同吗？

王春瑜：现在，一些通史和专史的学术性太低。原因是他们都没有对断代史进行深入的研究。实际上，如果我们把每个王朝的断代史研究透了，再去写通史或者是专史，那样的东西学术性就大大提高了。所以我认为，断代史是研究通史和专门史的基础。

主持人：历史是一面镜子。我们今天怎样读历史？

王春瑜：作为一个研究历史的学者，他应该做到历史感和现实感的统一。如果一个历史学家对现实漠不关心，对政治不关心，他研究历史问题也就会很糊涂，理不出一个头绪。反过来，各级干部，包括领导干部，如果一点儿历史感都没有，具体说就是一点儿历史常识都没有，对各种成败得失的历史经验茫然无知，他极有可能会重犯历史的错误，甚至重蹈覆辙。读史可以使人明智，从历史里面可以吸取智慧、吸取力量。拿反贪来说，在历史的镜子面前照一照，看看历史上那些落马的贪官，难道我们不应该警醒吗？难道我们不可以洗一洗自己的脸，打扫打扫身上不干净的东西吗？

主持人:您杂文、随笔一类的文章写得也很好,是怎么做到"一心二用"的呢?

王春瑜:文史本是一家,这是中国史学的传统。太史公就是用文学的方法来写历史的。所以,鲁迅先生说《史记》是无韵之《离骚》,史家之绝唱。我很赞同作家王蒙的提法,他说学者要作家化,作家要学者化。要做到这一"化"谈何容易呀。

主持人:您是否继续从事反腐败历史的研究?

王春瑜:我有一个计划,将一步一个脚印地做下去。我主编了一套《中国反腐败史话》丛书,共十本,由专家、学者撰稿,漫画家方成、叶春旸、常铁钧插图,大约五月出版。

主持人:请给我们推荐几本历史书,谢谢。

王春瑜:根据你们的工作,《简明中国反贪史》《中华民国反贪史》《中国共产党反贪史》这几本书都值得看一看。

书生正气古今传

——答《健报》记者曹青

今年夏天以来，一向埋头书斋做学问的著名学者王春瑜教授成了各大传媒瞩目焦点，先是被武侠小说大师金庸的"口没遮拦"激怒得拍案而起，对簿公堂；接着在全国皆知的张淋与赵忠祥一案中挺身而出，与其他九位文化名人一起发表了给张淋的一封信，给予重压下绝望轻生的张淋以安慰与支持；一介书生，一生勤谨治学，为何却有着铮铮铁骨，敢于说真话，帮弱者，一身身正气撼天动地？本刊记者于近日对王春瑜教授进行了独家专访。

阴差阳错成就了一位历史学家

记：您1937年生于苏州，比较而言，江南多才子，思维甚敏捷。学问中表现出来的细致、耐心与灵慧是否有着江南水乡的影响？

王：你这个问题很有意思。在我的血管里确实流动着太多江南水乡的血液。我的家谱上记载着我的祖先在明朝时由苏州移民到现今苏北的长白滩垦荒,以后就在建湖定居,由此可见,我确实是江南人的后代。1955年我考取复旦大学,从此在上海生活了二十五年,我的发妻也是江南水乡人。应当说,从学术研究方面,我还是细致耐心的。当然,这一点不见得只有江南人才会有。

记:您现在已是蜚声国内外的著名历史学家,您在少年时期对历史就有兴趣吗?您对今天的发展有过预想吗?

王:"蜚声国内外"不敢当。我在童年时就受到历史知识的启蒙,主要途径是历史演义、通俗小说、江淮戏,这对我的一生都有重要影响。说来惭愧,我在少年时最想当的是作家而非历史学家。考大学时,我报考的是新闻系,但至今我也不明白,为什么最后却录取到了历史系。当然,少年时对今天能成为历史学家就更是不能预想了。

记:很遗憾,新闻界少了一个优秀人才。那么,您对这样的阴差阳错后悔过吗?

王:我感谢这一次的阴差阳错,20世纪五六十年代,复旦大学的周谷城、周予同、耿淡如、谭其骧、王造时、陈守实、蔡尚思诸教授都是真正蜚声国内外的大学者,我能听他们的课,实在是难得的际遇,我读研究生时的陈守实教授,是当年梁启超的研究生,所以开玩笑地说,梁任公是我的祖师爷。他们给我的教诲可用八字概括:"求真务实,不尚空谈。"我作为在这样的学风熏陶下成长起来的历史学家,是一直严守师门的这"八字方针"的。现在我也写杂文、散文，但那也是一个历史学家写的杂文、散文，没有前者就没有后者。当然，少年时的文学梦，我始终没忘记，我之所以加入中国作家协会，也正是为了在老来圆我少年时的文学梦。

安慰与支持张淋

记：今年8月16日，您和其他九位在国内有着重大影响的文化界名人，联名给"状告赵忠祥事件"中的当事人、《华商时报》记者张淋写了一封慰问信，您能介绍一下经过吗？请问您怎么看待这件官司？

王：这封信是由我草拟的，传真其他人都看过，并慎重地签上了自己的名字。这场官司从头至尾我们一直都很关注，对于判决结果我们不想做什么议论，相信是非与否记者心中最清楚，公道自在人心，但张淋用一种极端的方式来反抗这种"不公正"，让我们感到很痛心。作为一名对社会还保持着高度关注的文字工作者，我们很早就注意到"告名人难"这种不正常的现象，这种现象背后的社会原因盘根错节。

我这样看金庸

记：今年8月1日，您和其他四位学者一起，联名将金庸先生告上了法庭，请问目前这场国内外都很瞩目的诉讼进展如何，对您目前的生活、工作以及身体有无影响？

王：上海第二中级人民法院已经正式受理此案，金庸先生为此还发表了一篇回答记者的《我感到很意外》，在一些根本问题上完全脱离事实。文化艺术出版社已写了书面材料要求《文汇报》刊出，以正视听。我近日太忙，待稍空，拟写一篇《我也感到很意外》回应金庸先生。这场官司只不过使我更忙碌而已，对我的生活与身体并无影响，我平生不说违心话，不做亏心事，因此这场官司对我的影响仅限于此而已。

记：您是一名历史学家，那么请问您如何评价作为武侠小说家的金庸，商人的金庸，以及日常生活中的金庸？

王：作为新派武侠小说作家，金庸先生的文学成就是很高的（指在通俗文学领域），拥有众多的读者，今后还会有许多人看下去，过去我是这样看的，现在我还是这样看。但我反对说他的小说"静悄悄地给文学带来一场革命""空前绝后"，此谀辞也，而且太过分。作为一名商人，金庸很精明。所以才能聚敛起亿万财富。他曾经花了一千万港币从香港大学买了博士学位，目的是提高自己的文化、学术地位，这当然有利于经营。他把《笑傲江湖》授权给中央电视台拍电视剧只收一元钱，看起来是何等慷慨！其实他心里很清楚，这是对他的武侠小说最大规模的宣传，画家黄永厚先生对此不禁冷笑，画了一幅漫画，名《国士之交》，进行了一针见血的讽刺。但是，金庸的商业经营也并非百分之百的成功，这次他与文化艺术出版社的官司症结之所在，就在于他想单方面撕毁合同，并丑化包括我在内的参与评点的几位老朋友，从而抛弃了"契约神圣""君子爱财，取之有道"这些经商的基本原则，忝为友人，我不禁长叹：金庸老矣！关于日常生活中的金庸，我知道一些，但没有必要向读者朋友一一述说，名人也是人，只要以平常心来阅读金庸的作品，这就够了。

记：据说您手上现在还在编写另一部反腐败的书，有这回事吗？除了这部书，请问您今年还有什么工作计划呢？

王：有这回事，但书名暂时保密。此外还打算帮出版社编三套杂文、随笔丛书，同时编一本自己的随笔集，真是忙坏了。

记：我和《健报》的所有读者朋友们都衷心地希望您能保重好身体。谢谢您接受采访。

王：谢谢你。请代我问候《健报》的读者朋友们。

附

十位文化名人给张淋的一封信

张淋同志：

你好！惊悉你在巨大的精神压力下，自寻短见，幸被及时救治，但目前仍情绪低落。我们深以为忧，十分挂念。生命重于泰山，何况你这么年轻。在未来的岁月还能做很多有益于人民的工作。千万别想不开。世路崎岖难走马，重压每从头上来。我们同情你的处境，理解你面临的看得见与看不见的种种压力。但是，读一读中国近代新闻史你就会明白，你的遭遇是不难破译的。务望振作，请多保重。秋阳正烈，我们凑了一点儿钱，给你买几两茶叶清心明目，提起精神，继续用笔记真相写真情,把心交给读者,为社会进步服务。

　　李普　戴煌　黄永厚　王春瑜　牧惠　朱铁志　蓝英年
王得后　邵燕祥　阎纲

2000年8月16日于北京